Der kleine Häwelmann und andere Märchen

Theodor Storm

Der kleine Häwelmann und andere Märchen

Die Deutsche Bibliothek – CIP-Einheitsaufnahme
Ein Titeldatensatz für diese Produktion ist bei
Der Deutschen Bibliothek erhältlich.

Dieses Buch ist eine Koproduktion der Verlage
Vitalis GmbH, Furth im Wald und Vitalis s. r. o., Praha

Druck und Bindung: Finidr
Illustrationen: Karel Hruška

ISBN 3-934774-43-1
ISBN 80-7253-030-5

www.vitalis-verlag.com

Inhaltsverzeichnis

Hans Bär

In einem alten Fichtenwalde wohnte einmal vor vielen, vielen Jahren ein armer Köhler mit seiner Frau, die ihm erst vor kurzem ein gesundes Knäblein geschenkt hatte, das in der Taufe den Namen Hans empfing. Dieser entwickelte bald nach seiner Geburt eine solche Körperstärke, daß er drei kleine Hündchen, die die Eltern ihm als Spielkameraden beigegeben hatten, der Reihe nach mit seinen Händchen zu Tode drückte. Darüber schalten sie nun wohl den Knaben; in ihrem Herzen aber freuten sie sich über die so wunderbaren Anlagen ihres Söhnleins und gedachten noch einmal etwas Großes aus ihm zu ziehen. Doch nicht lange sollten sie solche Freude genießen, wie ich dir sogleich erzählen werde. – Es hauste nämlich in diesem selbigen Walde ein ungeheurer Bär; dem hatten die Jäger seine beiden Jungen genommen, worüber er sehr betrübt war, und Tag und Nacht vor Schmerz im Walde umherheulte. So kam er auch einst vor das Haus des Köhlers, wo der kleine Hans an der Ecke saß und spielte.

Als der Bär ihn gewahrte, ward er noch lebhafter gemahnt an seine eignen Kindlein zu denken, und, um Rache zu nehmen an den bösen Menschen, die sie ihm geraubt hatten, fuhr er auf den kleinen Hans zu, um ihn zu fressen. Hans aber riß ein Bäumchen aus der Erde, und schlug so tapfer auf den großen Bären los, daß dieser, erstaunt über die Kraft und den Mut des Kindes, bald ganz andern Sinnes ward und bei sich selber dachte: „Den Jungen sollst du mit in deine Höhle nehmen, und ihn säugen mit deiner Milch, und ihn so stark machen, wie es wohl sonst deine eignen Bärlein geworden wären, damit er dich wieder pflegen und schützen kann, wenn du einmal alt und schwach geworden bist.“ Solches dachte die alte Bärenmutter in ihrem Sinn, nahm dann trotz seines Schreiens und Sträubens den kleinen Hans gar sanft zwischen ihre Vordertatzen und trabte mit ihm waldeinwärts ihrer Höhle zu.

Kaum war sie daselbst angekommen, so legte sie auch sogleich ihr neues Pflegesöhnlein auf das weiche Lager, das sie vorher ihren eignen Kindern bereitet hatte, schüttelte ihm die Streu zurecht und brummte ihn gar freundlich an, daß Hänschen sich allmählich beruhigte und endlich vor Ermattung und Müdigkeit einschlief.

Als er am andern Morgen die Augen aufschlug, sah er den alten Bären vor seinem Lager sitzen, der ihm mit seinen Tatzen eine Menge schöner, roter Erdbeeren darreichte, die er in der Frühstunde für ihn im Walde gepflückt hatte; dann bot er ihm seine Brust und säugte ihn mit seiner Milch, so daß Hänschen gar vergnügt ward und den alten Bär bald auf dem breiten Rücken klopfte, ihn bald in seinem zottigen Pelz zauste, daß es eine Lust war. – Als sie es so eine Weile getrieben hatten, ging der Bär wieder aus der Höhle, wälzte aber, bevor er wegging, einen ungeheuren Stein vor die Öffnung, daß unserm Hänschen rein Tor und Tür versperrt war, so gerne er auch hinterdrein gewesen wäre.

So gings eine Zeitlang fort; morgens ging der Bär aus, und mittags kam er wieder nach Hause, wo er denn immer eine schöne Beere oder Blume für sein Pflegesöhnlein mitbrachte, und nachdem er eine Weile mit ihm gespielt hatte, trabte er wieder bis gegen Abend im Walde umher; wälzte aber zu Hänschens großem Verdruß stets den bösen Stein vor die Öffnung der Höhle. Nach und nach war Hänschen nun immer stärker und größer geworden, wozu der Genuß der kräftigen Bärenmilch wahrlich nicht wenig beigetragen hatte; und je stärker und größer er ward, desto verdrießlicher ward ihm der große Stein, der ihm den Weg zu dem schönen, grünen Wald versperrte; und als eines Morgens der alte Bär, wie gewöhnlich waldeinwärts getrabt war, um sich eine süße

Portion oder ein fettes Häschen zur Frühkost zu suchen, da setzte Hänschen mit aller seiner Macht den Rücken gegen den Stein, brachte ihn aber trotz seines Stampfens und Keuchens nur ein Kleines von der Stelle; und als nun der alte Bär nach Hause kam, und es gewahrte, daß der Stein verschoben war, da sah er Hänschen gar grimmig an und legte noch mehr Steine vor die Tür, als er das nächstemal die Höhle verließ. So mußte Hänschen sich denn fürs erste in Geduld fassen; denn teils reichten seine Kräfte noch nicht hin, die Steine gänzlich von der Öffnung hinwegzuschieben, teils fürchtete er sich gar sehr vor dem Zorne des Bären, wenn dieser sähe, daß Hänschen trotz aller seiner Pflege einen zweiten Versuch zum Entfliehen machte. Als er aber endlich merkte, daß er groß und stark genug sei, um die Steine alle hinwegstoßen zu können, da hielt er's nicht länger aus: mit aller Macht stemmte er sich, als der Bär seine gewöhnliche Nachmittagsreise angetreten hatte, wieder einmal gegen die Steine – – – und wer beschreibt die Freude! Knicks, knacks! ging es, und rechts und links fielen und brachen die großen Steine auseinander. Da stand er nun in Gottes freier Natur, in die er sich so lange hinausgesehnt hatte, und um ihn rauschten die hohen, grünen Bäume und über ihm sangen die muntern Waldvögelein ihre hellen Lieder, daß ihm wohl gar froh und leicht ums Herz gewesen wäre, wenn er sich nicht gefürchtet hätte, der Bär möchte ihn wieder in die Höhle zurückbringen. Deshalb lief er, so schnell ihn die Füße nur tragen wollten, immer der Nase nach vorwärts, bis er endlich an eine Köhlerhütte kam. –

Indessen war es Abend geworden, und der Köhler ruhte mit seiner Frau schon aus nach der Arbeit des Tages; deshalb klopfte Hans, da er noch immer eine große Furcht vor dem Bären hatte, gar gewaltig an die Haustür, und als die guten Leute ihm endlich aufgemacht hatten und nach seinem Begehr fragten, bat er sie inständig, ihn doch als Knecht in ihre Dienste zu nehmen, und erzählte ihnen seine ganze Geschichte, so weit er selber darum wußte. Der Köhler und seine Frau aber betrachteten ihn mit scharfen Augen, und erkannten gar bald an einem schwarzen Wärzchen, das Hänschen an der linken Schulter hatte, daß der Schutzflehende niemand anders sei, als ihr eigenes Söhnlein, das sie vor vielen Jahren auf so wunderbare Weise verloren hatten. – Wer war vergnügter, als Hans, daß er so unvermutet seine lieben Eltern wiedergefunden hatte! Wer war vergnügter, als der Köhler und seine Frau, als sie so unvermutet ihren lieben Sohn wiederfanden, der noch dazu aus einem kleinen Hänschen jetzt ein großer Hans geworden war. –

Als er nun eine geraume Zeit bei ihnen verweilt, und ihnen oft genug seine wunderbare Geschichte vorerzählt hatte, so sehnte er sich endlich in die Fremde, und kündigte eines Tages seinen Eltern an, daß er große Lust hege, sich einmal auf die Wanderschaft zu begeben; und da diese nichts dawider hatten, so schnürte er eines Morgens sein Bündel und ging davon.

Da er sich nun genugsam im Lande umgetan hatte, so ward er des längern Wanderns müde; und als er einst einen großen, stattlichen Bauernhof sah, so bedachte er sich nicht lange, sondern kehrte alsobald ein und bot dem Hofherrn seine Dienste an.

Dieser aber, als er sah, daß es ein großer und starker Bursche war, fragte ihn nach seinem Namen und nahm ihn in sein Haus. Zu derselbigen Zeit waren die Früchte gereift in den Obstgärten; daher ward Hans am andern Morgen in den Garten geschickt, um seines Herrn Obstbäume zu schütteln. Als er aber sein Schütteln anfing, da brach er von den Bäumen die Zweige samt den Früchten herunter, und als sein Herr bald nachher in den Garten trat, um die Arbeit seines neuen Knechtes nachzusehen, da sprach Hans gar treuherzig zu ihm: „Herr, eure Obstbäume müssen wohl gar alt und spröde sein, denn da ich die Früchte schütteln wollte, brachen die Zweige mit herunter!“ Der

Herr aber gab ihm böse Worte, daß er ihm seine schönen Bäume verdorben habe; dann schickte er ihn in den Wald, um Holz zu fällen und gab ihm eine blanke Axt mit auf den Weg. Hans aber warf die Axt beiseite und suchte sich eine starke eiserne Kette. Als er diese gefunden hatte, ging er, wie ihm befohlen war, in den Wald, befestigte bald an diesen, bald an jenen Baum seine Kette, und riß so einen nach dem andern mit der Wurzel aus, bis gegen Abend sein Herr mit den andern Knechten zu Wagen angefahren kamen, um das gefällte Holz nach Hause zu holen. –

Als sie aber sahen, daß der halbe Wald mit der Wurzel aus der Erde gerissen sei, wollten sie schier nicht ihren Augen trauen und fragten einer um den andern: „So sprich uns doch, Hans, wer hat dir solche Leibeskraft gegeben, daß du an einem Tage schaffest, was unsrer zehn nicht in hundert Tagen zu tun vermöchten!" –

Hans, der bei aller seiner Stärke doch sehr gutherzig und gefällig von Natur war, befriedigte allen ihre Neugier, und erzählte seine Geschichte der Wahrheit gemäß; dann lud er zwei der dicksten Eichbäume auf seine Schultern, und ging gemächlich damit nach Hause. Die andern aber standen noch lange im Walde und suchten vergeblich die ausgerißnen Bäume auf ihre Karren und Wagen zu laden.

Bald ward die Geschichte weit und breit bekannt, und weil Hans von einem Bären gesäugt und gezogen und dadurch auch die Stärke eines Bären erhalten hatte, so ward er allenthalben nur Hans Bär genannt.

Den Hofherrn und seine Knechte war über eine so unmäßige Leibesstärke ein gewaltiges Fürchten angekommen, weshalb sie den starken Hans auf alle mögliche Weise loszuwerden suchten, was ihnen aber durchaus nicht gelingen wollte. – Da hielten sie heimlich einen bösen Rat und besprachen sich, wie sie den guten Hans Bär ums Leben bringen wollten, damit er ihnen durch seine Stärke nicht noch einmal groß Leids zufüge. –

Nachdem sie sich also beraten, trat eines Tags der Herr auf Hansen zu und sprach: „Siehe, meine Muhme hat mir vertrauet, daß ihr Vater in dem Brunnen auf meinem Hofe einen Schatz vergraben habe, und da durch die Hitze das Wasser ausgetrocknet ist, so steige du hinab und grabe danach, ob du ihn finden mögest!" Hans tat, wie ihm befohlen.

Kaum aber war er hinabgestiegen, so kam der Herr mit seinen andern Knechten, und warfen Steine in den Brunnen hinab, indem sie glaubten, ihn so leichtiglich aus dem Wege zu räumen. Hans merkte nun freilich ihre böse Absicht gar wohl, da ihm ihre Steinwürfe aber keine Schmerzen verursachten, so ließ er sie ruhig gewähren. Doch als sie nach und nach wohl einige hundert Steine hinabgeworfen hatten, da riß ihm endlich die Geduld. „So jagt mir doch die Hühner vom Brunnen", rief er ihnen von unten zu, „daß sie mir nicht also den Sand in die Augen streuen, oder ich werde euch nie und nimmer den Schatz aus dem Brunnen herausgraben!"

Als der Herr und seine Knechte solche Reden hörten, erschraken sie sehr; nachdem sie sich aber etwas von ihrem Schrecken erholt hatten, wälzten sie einen großen Mühlenstein zum Brunnen und stürzten ihn hinab. – Nun glaubten sie doch sicher, sich den gefährlichen Hans Bär vom Leibe geschafft zu haben. Aber Hans Bär fing den Mühlstein auf und steckte seinen Kopf durch das Loch, daß ihm der Stein wie ein Kragen um den Hals hing, und als sie in den Brunnen hinabsahen, um sich seines Todes zu versichern, da rief er ihnen lachend zu: „Was wollt ihr mich noch gar zum Pfaffen machen, daß ihr mir einen so gewaltigen Priesterkragen um den Hals hänget! Doch jetzt laßt's zu Ende sein mit der Narretei, und zieht mich heraus!" Und somit schleuderte er den Mühlstein aus dem Brunnen hervor, daß einer der bösen Knechte darunter begraben wurde. Die andern aber fürchteten sich heftig, und zogen ihn alsobald heraus. Der Herr aber sah, daß sie viel zu schwach seien, um einem so starken Manne das Leben zu nehmen, und bot ihm schweres Gold, wenn er sich wegen ihres bösen Willens nicht an ihnen rächen, sondern sein Bündel schnüren und das Haus verlassen wolle. – Und Hans, der sich noch weiter in der Welt umsehen wollte, nahm das Geld, schnürte sein Bündel und ging davon.

Als er nun einige Tage marschiert hatte, so hörte er weit und breit gar viel Geredes von der großen Schönheit der Königstochter; zugleich aber vernahm er, wie ein ungeschlachter Riese sie zu seinem Ehgemahl begehre, und wie darüber der König, ihr Vater, gar sehr in Angst und Nöten sei, so daß er jedem, der den Riesen erlege, die Hälfte seines Reichs und seine Tochter zur Gemahlin versprochen habe.

Hans wurde immer neugieriger, die schöne Prinzessin zu sehen. Denn je näher er der Königsstadt kam, desto mehr hörte er von ihrer unvergleichlichen Schönheit und Herzensgüte reden. Endlich war die Stadt erreicht. –

Da saß die schöne Königstochter, und schaute aus dem Erkerfenster ihres Schlosses, und weinte gar bittere Tränen, daß ein so abscheulicher Riese sie als sein Ehgemahl hinwegführen sollte.

Hans war so von ihrem Anblick bezaubert, daß er sogleich bei sich beschloß, den Kampf mit dem Riesen zu bestehn, der schon drei schöne und tapfre Ritter erschlagen hatte, die um die Königsbraut mit ihm zu fechten wagten. Daher ging er alsobald zu einem Waffenschmied, und kaufte sich für das Gold, das er von seinem früheren Herrn empfangen hatte, einen schönen Helm, einen blanken Eisenrock, vor allen Dingen aber ein scharfes, starkes Schwert. So ausgerüstet trat er vor den König, und bat ihn um die Erlaubnis, mit dem Riesen zu kämpfen. Dieser aber gab ihm seinen Segen und versprach ihm seine Tochter und sein halbes Reich, falls er den Riesen erlegen sollte. Als Hans aber hinweggegangen war, da warf sich der gute König auf seine Knie und betete für seine Seele;

denn er glaubte sicherlich, daß auch er, wie die anderen drei, seinen Todesstreich empfangen würde.

Hans suchte indessen den Riesen auf, um ihn zum Zweikampf herauszufordern. Als der ihn kommen sah, glaubte er wieder gar leichtes Spiel zu haben. Deshalb lehnte er sich gemächlich an einen Baumstamm und höhnte ihm entgegen: „Männlein, bist du vielleicht auch kommen, mir den Hals zu brechen! so versuche doch einmal, bevor du deinen schrecklichen Sarras gegen mich ziehst, wie hoch du mein Schwertlein da von der Erde heben mögest!“ Und somit schnallte er sich sein ungeheures Schlachtschwert von der Hüfte und warf es auf den Grund. Als der Riese solches tat, vermeinte er aber, daß Hans, wie die drei andern es gar nicht vom Boden würde aufheben können. Hans aber hub mit einer Hand das furchtbare Schwert hoch über seinen Kopf und schleuderte es weit von sich weg, daß es bis an den Griff in die harte Erde hinabfuhr. – Da dachte der Riese bei sich selber: Der ist wohl noch stärker als du und redete ihm zu und sprach: „Ich sehe nun gar wohl, daß ich dir Unrecht getan habe, und daß du ein nicht gemeiner Kämpfer bist; deshalb laßt uns Frieden schließen miteinander; denn zwei so wackre Streiter sollten billig als Freunde auseinander scheiden. Siehe, ich gebe dir so viel Gold und Goldeswert, als du nur immer auf drei Wagen hinwegzuführen vermagst. Du aber ziehe deine Wege, und laß mir die schöne Königstochter; denn ich liebe sie mehr, als alles Gold und Edelsteine der Erde.“

Hans aber liebte die schöne Königstochter selber mehr, denn alles Gold und Edelsteine der Erde, ja mehr, denn sein eignes Leben, und hörte nicht darauf, was der Riese sprach, sondern zog alsobald sein Schwert, und der Riese mußte nun das seinige aus der Erde herausziehen, wohin Hans es soeben geschleudert hatte. Hu, wie da die Schwerter aneinander schmetterten, daß die hellen Funken heraussprangen! Doch nicht lange, da trennte Hans mit einem gewaltigen Hiebe den Kopf des Riesen vom

Rumpfe, daß von seinem schwarzen Blute rings die grüne Erde bespritzt ward. Darauf nahm er das abgeschlagene Haupt des Riesen als Zeichen seines Sieges mit sich und ging wieder auf das Schloß des Königs, um ihm die frohe Botschaft von dem Tode seines Feindes zu melden und ihn an sein gegebenes Versprechen zu erinnern.

Als der König ihn so in sein Gemach treten sah, so ging er ihm entgegen und umarmte ihn und freute sich mit ihm seines Sieges. Dann sprach er zu ihm: „Komm mit mir, mein Sohn, daß ich dich zu der Prinzessin, meiner Tochter, führe und dir die Hälfte meines Reiches abtrete." Und als sie nun zu der schönen Königstochter kamen, da freute auch sie sich über den Tod des bösen Riesen und über den schönen Mann, den ihr der König als künftigen Gemahl zuführte. Denn obgleich Hans Bär von großer Leibesstärke war, so war seine Schönheit doch nicht geringer, denn seine Stärke. Daher freute sich die Prinzessin gar sehr eines so schönen Bräutigams, und reichte ihm bald vor dem Altare Herz und Hand.

Kurz nachher starb der alte König, und nachdem sie ihn feierlich begraben, und Hans nun auch die andere Hälfte des Reichs von seinem Schwiegervater ererbt hatte, fuhr er alsbald mit seiner Gemahlin nach seiner Heimat, um seine Eltern und Geschwister mit sich nach seiner Residenz zu nehmen.

Wie diese erstaunten, als die große goldne Kutsche vor die niedrige Tür der Köhlerhütte rollte und stille hielt, brauche ich dir wohl nicht erst zu beschreiben. Und als sie nun vollends in dem Könige ihren lieben Sohn Hans erkannten, der ihnen die schöne Prinzessin als ihre Schwiegertochter zuführte, da war gar des Staunens und der Freude kein Ende! Hans aber fuhr mit Eltern und Geschwistern und seinem ganzen Gefolge nach der Bärenhöhle, zu seiner alten Pflegemutter. Und als sie nun nicht mehr weit davon waren, da fingen sie alle an, sich zu fürchten und baten den König umzukehren. Doch er beruhigte sie und ging, da sie alsbald bei der Höhle angekommen waren, ohne alle Begleitung hinein. – Doch wie erschrak er! – Da lag der gute Bär gar kümmerlich auf seinem Lager hingestreckt und wollte sterben. Denn da er so krank und schwach war, daß er sich selbst keine Speise mehr aus dem Walde holen konnte, so wäre er beinahe den Hungertod gestorben, wenn König Hans nicht noch zur rechten Zeit darüber zugekommen wäre.

Als der Bär seinen Pflegesohn erkannte, wollte er sich aufrichten, um ihm entgegen zu kriechen; doch seine Kräfte versagten ihm und er fiel wieder auf sein Lager zurück. Hans aber rief seinen Dienern zu, ihm Speise und Trank zu bringen; dann setzte er sich zu seinem Bären auf die Streu und streichelte ihn mit seinen Händen und pflegte ihn auf alle Weise. – Und der Bär leckte mit seiner rauhen Zunge die Hände des Königs, und sah ihn gar freundlich an, als wollte er sagen: „So kommst du doch endlich noch, um mir den letzten Dienst zu erweisen, und ich habe dich doch nicht umsonst gesäugt und gepflegt." –

Nach und nach waren alle in die Höhle getreten, und die Königin legte den Kopf des alten Bären auf ihren Schoß, indem sie ihn mit ihren schönen Händen streichelte und sich, wie ihr Gemahl, auf alle mögliche Weise um ihn beschäftigte.

Doch alles umsonst! Der gute Bär war zu alt und zu schwach, um noch länger leben zu können. – Nachdem er noch einen dankbaren Blick auf den König und seine schöne Gemahlin geworfen hatte, streckte er seine Glieder aus und verschied. Der König aber weinte um seine alte Pflegemutter und alle waren gar sehr betrübt über den Tod des guten Tieres und standen an seinem Lager.

Dann begruben sie ihn unter dem Stamm einer alten Eiche, und fuhren alle nach der Königsstadt zurück, wo Hans Bär, der König, noch viele Jahre mit seiner schönen Gemahlin glücklich und in Frieden regierte.

Der kleine Häwelmann

Ein Kindermädchen

Es war einmal ein kleiner Junge, der hieß Häwelmann. Des Nachts schlief er in einem Rollenbett und auch des Nachmittags, wenn er müde war; wenn er aber nicht müde war, so mußte seine Mutter ihn darin in der Stube umherfahren, und davon konnte er nie genug bekommen.

Nun lag der kleine Häwelmann eines Nachts in seinem Rollenbett und konnte nicht einschlafen; die Mutter aber schlief schon lange neben ihm in ihrem großen Himmelbett. „Mutter", rief der kleine Häwelmann, „ich will fahren!" Und die Mutter langte im Schlaf mit dem Arm aus dem Bett und rollte die kleine Bettstelle hin und her, und wenn ihr der Arm müde werden wollte, so rief der kleine Häwelmann: „Mehr, mehr!" und dann ging das Rollen wieder von vorne an. Endlich aber schlief sie gänzlich ein; und so viel Häwelmann auch schreien mochte, sie hörte es nicht; es war rein vorbei. – – Da dauerte es nicht lange, so sah der Mond in die Fensterscheiben, der gute alte Mond, und was er da sah, war so possierlich, daß er sich erst mit seinem Pelzärmel über das Gesicht fuhr, um sich die Augen auszuwischen; so etwas hatte der alte Mond all sein Lebtage nicht gesehen. Da lag der kleine Häwelmann mit offenen Augen in seinem Rollenbett und hielt das eine Beinchen wie einen Mastbaum in die Höhe. Sein kleines Hemd hatte er ausgezogen und hing es wie ein Segel an seiner kleinen Zehe auf; dann nahm er ein Hemdzipfelchen in jede Hand und fing mit beiden Backen an zu blasen. Und allmählich, leise, leise, fing es an zu rollen, über den Fußboden, dann die Wand hinauf, dann kopfüber die Decke entlang und dann die andere Wand wieder hinunter. „Mehr, mehr!“ schrie Häwelmann, als er wieder auf dem Boden war, und dann blies er wieder seine Backen auf, und dann ging es wieder kopfüber und kopfunter. Es war ein großes Glück für den kleinen Häwelmann, daß es gerade Nacht war und die Erde auf dem Kopf stand; sonst hätte er doch gar zu leicht den Hals brechen können.

Als er dreimal die Reise gemacht hatte, guckte der Mond ihm plötzlich ins Gesicht. „Junge“, sagte er, „hast du noch nicht genug?“ – „Nein“, schrie Häwelmann, „mehr, mehr! Mach mir die Tür auf! Ich will durch die Stadt fahren; alle Menschen sollen mich fahren sehen.“ – „Das kann ich nicht“, sagte der gute Mond; aber er ließ einen langen Strahl durch das Schlüsselloch fallen; und darauf fuhr der kleine Häwelmann zum Hause hinaus.

Auf der Straße war es ganz still und einsam. Die hohen Häuser standen im hellen Mondschein und glotzten mit ihren schwarzen Fenstern recht dumm in die Stadt hinaus, aber die Menschen waren nirgends zu sehen. Es rasselte recht, als der kleine Häwelmann in seinem Rollenbette über das Straßenpflaster fuhr; und der gute Mond ging immer neben ihm und leuchtete. So fuhren sie Straßen aus, Straßen ein; aber die Menschen waren nirgends zu sehen. Als sie bei der Kirche vorbeikamen, da krähte auf einmal der große goldene Hahn auf dem Glockenturme. Sie hielten still. „Was machst du da?“ rief der kleine Häwelmann hinauf. – „Ich krähe zum erstenmal!“ rief der goldene Hahn herunter. – „Wo sind denn die Menschen?“ rief der kleine Häwelmann hinauf. – „Die schlafen“, rief der goldene Hahn herunter, „wenn ich zum drittenmal krähe, dann wacht der erste Mensch auf.“ – „Das dauert mir zu lange“, sagte Häwelmann, „ich will in den Wald fahren, alle Tiere sollen mich fahren sehen!“ – „Junge“, sagte der gute alte Mond, „hast du noch nicht genug?“ – „Nein“, schrie Häwelmann, „mehr, mehr! Leuchte, alter Mond, leuchte!“ Und damit blies er die Backen auf, und der gute alte Mond leuchtete, und so fuhren sie zum Stadttor hinaus und übers Feld und in den dunklen Wald hinein. Der gute Mond hatte große Mühe, zwischen den vielen Bäumen durchzukommen; mitunter war er ein ganzes Stück zurück, aber er holte den kleinen Häwelmann doch immer wieder ein.

Im Walde war es still und einsam; die Tiere waren nicht zu sehen; weder die Hirsche noch die Hasen, auch nicht die kleinen Mäuse. So fuhren sie immer weiter, durch Tannen- und Buchenwälder, bergauf und bergab. Der gute Mond ging nebenher und leuchtete in alle Büsche; aber die Tiere waren nicht zu sehen; nur eine kleine Katze saß oben in einem Eichbaum und funkelte mit den Augen. Da hielten sie still. „Das ist der kleine Hinze!“ sagte Häwelmann, „ich kenne ihn wohl; er will die Sterne nachmachen.“ Und als sie weiterfuhren, sprang die kleine Katze mit von Baum zu Baum. „Was machst du da?“ rief der kleine Häwelmann hinauf. – „Ich illuminiere!“ rief die kleine Katze herunter. – „Wo sind denn die andern Tiere?“ rief der kleine Häwelmann hinauf. – „Die schlafen“, rief die kleine Katze herunter und sprang wieder einen Baum weiter; „horch nur, wie sie schnarchen!“ – „Junge“, sagte der gute alte Mond, „hast du noch nicht genug?“ – „Nein“, schrie Häwelmann, „mehr, mehr! Leuchte, alter Mond, leuchte!“ Und dann blies er die Backen auf, und der gute alte Mond leuchtete; und so fuhren sie zum Walde hinaus und dann über die Heide bis ans Ende der Welt, und dann gerade in den Himmel hinein.

Hier war es lustig; alle Sterne waren wach und hatten die Augen auf und funkelten, daß der ganze Himmel blitzte. „Platz da!“ schrie Häwelmann und fuhr in den hellen Haufen hinein, daß die Sterne links und rechts vor Angst vom Himmel fielen. – „Junge“, sagte der gute alte Mond, „hast du noch nicht genug?“ – „Nein!“ schrie der kleine Häwelmann, „mehr, mehr!“

Und – hast du nicht gesehen! fuhr der dem alten guten Mond quer über die Nase, daß er ganz dunkelbraun im Gesicht wurde. „Pfui!“ sagte der Mond und nieste dreimal, „alles mit Maßen!“ Und damit putzte er seine Laterne aus, und alle Sterne machten die Augen zu. Da wurde es im ganzen Himmel auf einmal so dunkel, daß man es ordentlich mit Händen greifen konnte. „Leuchte, alter Mond, leuchte!“ schrie Häwelmann, aber der Mond war nirgends zu sehen und auch die Sterne nicht; sie waren schon alle zu Bett gegangen. Da fürchtete der kleine Häwelmann sich sehr, weil er so allein im Himmel war. Er nahm seine Hemdzipfelchen in die Hände und blies die Backen auf; aber er wußte weder aus noch ein, er fuhr kreuz und quer, hin und her, und niemand sah ihn fahren, weder die Menschen noch die Tiere, noch auch die lieben Sterne.

Da guckte endlich unten, ganz unten am Himmelsrande ein rotes rundes Gesicht zu ihm herauf, und der kleine Häwelmann meinte, der Mond sei wieder aufgegangen. „Leuchte, alter Mond, leuchte!“ rief er. Und dann blies er wieder die Backen auf und fuhr quer durch den ganzen Himmel und gerade drauflos. Es war aber die Sonne, die gerade aus dem Meere heraufkam. „Junge“, rief sie und sah ihm mit ihren glühenden Augen ins Gesicht, „was machst du hier in meinem Himmel?“ Und, eins, zwei, drei! nahm sie den kleinen Häwelmann und warf ihn mitten in das große Wasser. Da konnte er schwimmen lernen.

Und dann?

Ja und dann? Weißt du nicht mehr? Wenn ich und du nicht gekommen wären und den kleinen Häwelmann in unser Boot genommen hätten, so hätte er doch leicht ertrinken können!

Hinzelmeier

Eine nachdenkliche Geschichte

1. Die weiße Wand

In einem alten weitläufigen Hause wohnten Herr Hinzelmeier und die schöne Frau Abel; sie waren nun schon ins zwölfte Jahr verheiratet, ja die Leute in der Stadt zählten ihnen nach, daß sie zusammen schon fast an die achtzig Jahre auf dem Nacken hätten, und noch immer waren sie jung und schön und hatten weder ein Fältchen vor der Stirn, noch ein Hahnepfötchen unter den Augen. Daß dies nicht mit rechten Dingen zugehe, war nun freilich klar genug, und wenn die Hinzelmeierschen aufs Tapet kamen, so tranken die Stadtkaffeetanten drei Näpfchen mehr als am ersten Ostersonntagnachmittage. Die eine sagte: „Sie haben einen Jungbrunnen im Hofe!" Die andere sagte: „Es ist eine Jungfernmühle!" Die dritte sagte: „Ihr Bube, das Hinzelmeierlein, ist mit einer Glückshaube auf die Welt gekommen, und nun tragen die Alten sie wechselweise, Nacht um Nacht!" Das kleine Hinzelmeierlein dachte nun freilich nicht dergleichen; es kam ihm im Gegenteil ganz natürlich vor, daß seine Eltern immer jung und schön waren; aber gleichwohl bekam auch er sein Nüßchen, das er vergeblich zu knacken suchte.

Eines Herbstnachmittags, da es schon gegen das Zwielicht ging, saß er in dem langen Korridor des obern Stockwerks und spielte Einsiedler; denn weil die silbergraue Katze, welche sonst bei ihm zur Schule ging, eben in den Garten hinabgeschlichen war, um nach den Buchfinken zu sehen, so hatte er mit dem Professorspiel für heute aufhören müssen. Er saß nun als Einsiedler in einem Winkel und dachte sich allerhand, wohin wohl die Vögel flögen, und wie die Welt draußen wohl aussehen möge, und noch viel Tiefsinnigeres; denn er wollte der Katze darüber auf den andern Tag einen Vortrag halten, – als er seine Mutter, die schöne Frau Abel, an sich vorübergehen sah. „Heisa, Mutter!“ rief er; aber sie hörte ihn nicht, sondern ging mit raschen Schritten an das Ende des Korridors; hier blieb sie stehen und schlug mit dem Schnupftuch dreimal gegen die weiße Wand. – Hinzelmeier zählte in Gedanken „eins“ – „zwei“ und kaum hatte er „drei“ gezählt, als er die Wand sich lautlos öffnen und seine Mutter dadurch verschwinden sah; kaum konnte der Zipfel des Schnupftuchs noch mit hindurchschlüpfen, so ging alles mit einem leisen Klapp wieder zusammen, und der Einsiedler dachte nun auch noch darüber nach, wohin doch wohl seine Mutter durch die Wand gegangen sei. Darüber ward es allmählich dunkler, und das Dämmern in seinem Winkel war schon so groß geworden, daß es ihn ganz verschlungen hatte, da machte es, wie zuvor, einen leisen Klapp und die schöne Frau Abel trat aus der Wand wieder in den Korridor hinein. Ein Rosenduft schlug dem Knaben entgegen, wie sie an ihm vorüberstrich. „Mutter, Mutter!“ rief er; aber er hielt sie nicht zurück; er hörte, wie sie die Treppe hinab und in das Zimmer des Vaters ging, wo er am Vormittag sein Schaukelpferd an den messingenen Ofenknopf gebunden hatte. Nun hielt es ihn nicht länger, er sprang durch den Korridor und ritt wie der Wind das Treppengeländer hinab. Als er ins Zimmer trat, war es voller Rosenduft, und es schien ihm fast, als wäre seine Mutter selber eine Rose, so leuchtend war ihr Antlitz. Hinzelmeier wurde ganz nachdenklich.

„Liebe Mutter“, sagte er endlich, „weshalb gehst du denn immer durch die Wand?“

Und als Frau Abel hierauf verstummte, sagte der Vater: „Ei nun, mein Sohn, weil die andern Leute immer durch die Tür gehen.“

Das war dem Hinzelmeier schon einleuchtend; bald aber wollte er mehr erfahren.

„Wohin gehst du denn, wenn du durch die Wand gehst“, fragte er weiter. „Und wo sind denn die Rosen?“

Aber, ehe er sich’s versah, hatte der Vater ihn kopfüber aufs Schaukelpferd gestülpt, und die Mutter sang das schöne Lied:

Hatto von Mainz und Poppo von Trier
Ritten zusammen aus Lünebier;
Hatto hott hott! immer im Trott,
Poppo hopp hopp! immer Galopp!

Ein, zwei, drei!
Zelle vorbei!
Ein, zwei, drei, vier!
Nun sind wir schon hier.

„Bind es los! bind es los!“ rief Hinzelmeier; und der Vater band das Rößlein vom Ofenknopf, und die Mutter sang, und der Reiter ritt hopp hinauf und hopp hinab und hatte bald alle Rosen und weißen Wände in der ganzen Welt vergessen.

2. Der Zipfel

Nun gingen manche Jahre hin, ohne daß Hinzelmeier eine Wiederholung des Wunders erlebt hätte; er dachte daher auch überall nicht mehr daran, obgleich seine Eltern jung und schön blieben, wie sie es immer gewesen waren, und oftmals auch im Winter der wunderbare Rosenduft sie umgab.

In dem einsamen Korridor des obern Stockwerks war Hinzelmeier jetzt nur selten noch zu finden; denn die Katze war vor Alter gestorben, und so war seine Schule aus Mangel an Schülern von selber eingegangen.

Es war ihm nun schon fast so, als müßte um einige Jahre der Bart zu wachsen anfangen, da ging er eines Nachmittags wieder in den alten Korridor hinauf, um die weißen Wände zu besichtigen; denn er wollte auf den Abend das berühmte Schattenspiel „Nebukadnezar und sein Nußknacker“ zur Aufführung bringen. In dieser Absicht war er an das Ende des Ganges gekommen und betrachtete die weiße Querwand von oben bis unten, als er zu seiner Verwunderung den Zipfel eines Schnupftuches daraus hervorhängen sah. Er bückte sich, um es genauer zu betrachten, – in der Ecke stand: A. H.; das konnte nichts anderes heißen als: Abel Hinzelmeier; es war das Schnupftuch seiner Mutter. Nun fing's in seinem Kopfe an zu schnurren, und die Gedanken arbeiteten rückwärts, weiter und weiter, bis sie bei dem ersten Kapitel dieser Geschichte plötzlich haltmachten. Hierauf suchte er das Schnupftuch aus der Wand herauszuziehen, was ihm auch nach einem etwas schmerzhaften Experimente glücklich gelang; dann schlug er, wie einst die schöne Frau Abel, dreimal mit dem Tuche gegen die Wand; und „ein – zwei – drei –!“ tat sie sich lautlos voneinander, Hinzelmeier schlüpfte hindurch und stand – wohin er am wenigsten zu gelangen dachte – auf dem Hausboden. Aber es war nicht daran zu zweifeln; dort stand der Urgroßmutterschrank mit den wackelköpfigen Pagoden, daneben seine eigne Wiege und weiterhin das Schaukelpferd, lauter ausgedientes Gerät; unter dem Balken längs an eisernen Haken hingen wie immer des Vaters lange Mäntel und Reisekragen und drehten sich langsam um sich selbst, wenn der Zug durch die offenen Bodenluken herüberstrich. „Sonderbar!“ sagte Hinzelmeier, „warum ging die Mutter denn doch immer durch die Wand?“ Da er indessen außer den bekannten Gegenständen nichts bemerken konnte, so wollte er durch die Bodentür wieder ins Haus hinabgehen. Allein die Tür war nicht da. Er stutzte einen Augenblick und meinte anfänglich, sich nur geirrt zu haben, weil er von einer anderen Seite, als gewöhnlich, hinaufgelangt war. Er wandte sich daher und ging zwischen die Mäntel durch nach dem alten Schranke, um sich von hier aus zurechtzufinden; und richtig, dort gegenüber war die Tür; er begriff nicht, wie er sie hatte übersehen können. Als er aber darauf zuging, erschien ihm plötzlich wieder alles so fremd, daß er zu zweifeln begann, ob er auch vor der rechten Tür stehe. Allein soviel er wußte, gab es hier keine andere. Was ihn am meisten verwirrte, war, daß die eiserne Klinke fehlte und auch der Schlüssel abgezogen war, der sonst immer aufzustecken pflegte. Er legte daher sein Auge an das Schlüsselloch, ob er vielleicht jemanden auf der Treppe oder dem Vorplatz gewahren könne, der ihn herabließe. Zu seinem Erstaunen sah er aber nicht auf die dunkle Treppe, sondern in ein helles, geräumiges Zimmer, von dessen Dasein er bisher keine Ahnung gehabt hatte.

In der Mitte desselben gewahrte er einen pyramidenförmigen Schrein, der von zwei goldschimmernden Türen verschlossen und mit wunderlicher Schnitzarbeit verziert war. Hinzelmeier wußte nicht recht, ob das enge Schlüsselloch seinen Blick verwirrte, aber es war ihm fast, als wenn die Gestalten der Schlangen und Eidechsen in der braunen Laubgirlande, welche sich an den Kanten hinunterzog, auf und ab raschelten, ja mitunter sogar die geschmeidigen Köpfe auf den Goldgrund der Türe hinüberreckten. Dies alles beschäftigte den Knaben so, daß er nun erst die schöne Frau Abel und ihren Eheherrn bemerkte, welche mit geneigtem Haupte vor dem Schrein niedergekniet waren. Unwillkürlich hielt er den Atem an, um nicht bemerkt zu werden, und nun hörte er die Stimme seiner Eltern in leisem Gesange:

„Rinke, ranke Rosenschein,
Tu dich auf, du goldner Schrein!
Tu dich auf und schließ uns ein,
Rinke, ranke Rosenschein!“

Während des Gesanges erstarrte in dem Laubwerk das Leben des Gewürmes; die goldenen Türen gingen langsam auf und zeigten in dem Innern des Schrankes einen kristallenen Becher, in welchem eine halbverschlossene Rose auf schlankem Schafte stand. Allmählich öffnete sich der Kelch; weiter und weiter, bis eins der schimmernden Blätter sich ablöste und zwischen die Knienden hinabfiel. Ehe es aber den Boden erreichte, zerstob es klingend in der Luft und füllte das Gemach mit rosenrotem Nebel.

Ein starker Rosenduft quoll durch das Schlüsselloch, der Knabe preßte sein Auge an die Öffnung, aber er gewahrte nichts als dann und wann ein Leuchten, das in der roten Dämmerung aufbrach und wieder verschwand. Nach einer Weile hörte er Schritte an der Tür; er wollte aufspringen, aber ein heftiger Schmerz an der Stirn raubte ihm die Besinnung.

3. Die Rose

Als Hinzelmeier aus der Betäubung erwachte, lag er in seinem Bette; Frau Abel saß neben ihm und hielt seine Hand in der ihren. Sie lächelte, da er die Augen zu ihr aufschlug, und der Abglanz der Rose lag auf ihrem Antlitz. „Du hast zuviel erlauscht, um nicht noch mehr erfahren zu müssen“, sagte sie. „Nur darfst du für heute dein Bett nicht verlassen; aber währenddessen will ich dir das Geheimnis deiner Familie mitteilen. Du bist jetzt groß genug, um es zu wissen.“

„Erzähle nur, Mutter“, sagte Hinzelmeier, und legte den Kopf zurück in die Kissen; und dann erzählte Frau

Abel: „Weit von dieser kleinen Stadt liegt der uralte Rosengarten, von dem die Sage geht, er sei am sechsten Schöpfungstage mit erschaffen worden. Innerhalb seiner Mauer stehen tausend rote Rosenbüsche, welche nie zu blühen aufhören; und jedesmal wenn in unserem Geschlechte, welches in vielen Zweigen durch alle Länder der Welt verbreitet ist, ein Kind geboren wird, springt eine neue Knospe aus den Blättern. Jeder Knospe ist eine Jungfrau zur Pflegerin bestellt, welche den Garten nicht verlassen darf, bis die Rose von dem geholt worden, durch dessen Geburt sie entsprossen ist. Eine solche Rose, welche du vorhin gesehen hast, besitzt die Kraft, ihren Eigentümer zeitlebens jung und schön zu erhalten. Daher versäumt denn nicht leicht jemand, sich seine Rose zu holen; es kommt nur darauf an, den rechten Weg zu finden; denn der Eingänge sind viele und oft verwunderliche. Hier fährt es durch einen dicht verwachsenen Zaun, dort durch ein schmales Winkelpförtchen, mitunter" – und Frau Abel sah ihren Eheherrn, der eben ins Zimmer trat, mit schelmischen Augen an – „mitunter auch durchs Fenster!"

Herr Hinzelmeier lächelte und setzte sich neben das Bette seines Sohnes.

Dann erzählte Frau Abel weiter: „Auf diese Weise wird die größte Zahl der Jungfrauen aus ihrer Gefangenschaft erlöst und verläßt mit dem Besitzer der Rose den Garten. Auch deine Mutter war eine Rosenjungfrau und pflegte sechzehn Jahre lang die Rose deines Vaters. Wer aber an dem Garten vorübergeht, ohne einzukehren, der darf niemals dahin zurück; nur der Rosenjungfrau ist es nach dreimal drei Jahren gestattet, in die Welt hinauszugehen, um den Rosenherrn zu suchen und sich durch die Rose aus der Gefangenschaft zu erlösen. Findet sie in dieser Zeit ihn nicht, so muß sie in den Garten zurück, und darf erst nach wiederum dreimal drei Jahren noch einmal den Versuch erneuern; aber wenige wagen den ersten, fast keine den zweiten Gang; denn die Rosenjungfrauen scheuen die Welt, und wenn sie ja in ihren weißen Gewändern hinausgehen, so gehen sie mit niedergeschlagenen Augen und zitternden Füßen; und unter hundert solcher Kühnen hat kaum eine einzige den wandernden Rosenherrn gefunden. Für diesen aber ist dann die Rose verloren, und während die Jungfrau zu ewiger Gefangenschaft zurückgegangen ist, hat auch er die Gnade seiner Geburt verscherzt und muß wie die gewöhnliche Menschheit kümmerlich altern und vergehen. – Auch du, mein Sohn, gehörst zu den Rosenherren, und kommst du in die Welt hinaus, dann vergiß den Rosengarten nicht."

Herr Hinzelmeier neigte sich zur Frau Abel und küßte ihre seidenen Haare; dann sagte er, freundlich des Knaben andere Hand ergreifend: „Du bist jetzt groß genug! Möchtest du wohl in die Welt hinaus und eine Kunst erlernen?"

„Ja", sagte Hinzelmeier, „aber es müßte eine große Kunst sein; so eine, die sonst noch niemand hat erlernen können!"

Frau Abel schüttelte sorgenvoll den Kopf; der Vater aber sagte: „Ich will dich zu einem weisen Meister bringen, der viele Meilen von hier in einer großen Stadt wohnt; da magst du dir selbst eine Kunst erwählen."

Das war Hinzelmeier zufrieden.

Einige Tage darauf packte Frau Abel einen großen Koffer mit unzählig vielen Kleidern, und Hinzelmeier selber legte noch ein Rasierzeug hinein, damit er den Bart, wenn er käme, sogleich wieder abschneiden könne. Dann fuhr eines Tages der Wagen vor die Tür, und als die Mutter ihren Sohn zum Abschied umarmte, sagte sie unter Tränen zu ihm: „Vergiß die Rose nicht!"

4. Krahirius

Als Hinzelmeier ein Jahr bei dem weisen Meister gewesen war, schrieb er seinen Eltern, er habe sich nun eine Kunst erwählt, er wolle den Stein der Weisen suchen; nach zwei Jahren werde der Meister ihn lossprechen, dann wolle er auf die Wanderschaft und nicht eher zurückkehren, als bis er den Stein gefunden habe. Dies sei eine Kunst, welche noch von niemandem erlernt worden; denn auch der Meister sei eigentlich nur ein Altgesell, da der Stein noch keineswegs von ihm gefunden sei.

Als die schöne Frau Abel diesen Brief gelesen hatte, faltete sie ihre Finger ineinander und rief: „Ach, er wird nimmer in den Rosengarten kommen! Es wird ihm gehen wie unseres Nachbars Kasperle, der vor zwanzig Jahren ausgezogen und nimmer wieder nach Hause gekommen ist!"

Herr Hinzelmeier aber küßte seine schöne Frau und sagte: „Er mußte seinen Weg gehen. Ich wollte auch einmal den Stein der Weisen suchen und habe statt dessen die Rose gefunden."

So blieb denn Hinzelmeier bei dem weisen Meister; und allmählich ging die Zeit herum. – –

Es war schon tief in der Nacht. Hinzelmeier saß vor einer qualmenden Lampe über einen Folianten gebückt. Aber es wollte ihm heute nicht gelingen; er fühlte es in seinen Adern klopfen und gären, es überfiel ihn eine Angst, als könne ihm auf immer das Verständnis für die tiefe Weisheit der Formeln und Sprüche verloren gehen, welche das alte Buch bewahrte.

Mitunter wandte er sein blasses Gesicht ins Zimmer zurück und starrte gedankenlos in den Winkel, wo die grämliche Gestalt seines Meisters vor einem niedrigen Herde zwischen glühenden Kolben und Tiegeln hantierte; mitunter, wenn die Fledermäuse an den Scheiben vorüberstrichen, sah er verlangend in die Mondnacht hinaus, die wie ein Zauber draußen über den Feldern lag. Neben dem Meister kauerte die Kräuterfrau am Boden. Sie hatte den grauen Hauskater auf dem Schoß und stäubte ihm sanft die Funken aus dem Pelz. Manchmal, wenn es so recht behaglich knisterte und das Tier vor angenehmem Grausen mauzte, langte der Meister liebkosend nach ihm zurück und sagte hustend: „Die Katze ist die Genossin des Weisen!"

Plötzlich scholl von außen her, von der First des Daches, das unter dem Fenster lag, ein langgezogener, sehnsüchtiger Laut, wie dessen von allen Tieren nur die Katze und nur im Lenze mächtig ist. Der Kater richtete sich auf und krallte seine Klauen in die Schürze des alten Weibes. Noch einmal rief es draußen. Da sprang das Tier mit einem derben Satz auf den Fußboden und über Hinzelmeiers Schultern durch die Scheiben ins Freie, daß die Glasscherben klingend hintendrein stoben.

Ein süßer Primelduft strich mit dem Zug ins Zimmer. Hinzelmeier sprang empor. „Es ist Frühling, Meister!" rief er und warf seinen Stuhl zurück.

Der Alte senkte seine Nase noch tiefer in den Tiegel. Hinzelmeier ging auf ihn zu und packte ihn an der Schulter. „Hört Ihr's nicht, Meister?"

Der Meister griff in den graugemischten Bart und stierte den Jungen blöd durch seine grüne Brille an.

„Das Eis birst!" rief Hinzelmeier, „es läutet in der Luft!"

Der Meister faßte ihn ums Handgelenk und begann die Pulsschläge zu zählen. „Sechsundneunzig!" sagte er bedenklich. Aber Hinzelmeier achtete dessen nicht, sondern verlangte seinen Abschied, und noch in selber Stunde. Da hieß der Meister ihn Stab und Ranzen nehmen, und trat mit ihm vor die Haustür, von wo sie weit ins Land hinein sehen konnten. Die unabsehbare Ebene lag in klarem Mondenlicht zu ihren Füßen. Hier standen sie still; das Antlitz des Meisters war gefurcht von tausend

Runzeln, sein Rücken war gebeugt, sein Bart hing tief über seinen braunen Talar hinab; er sah unsäglich alt aus. Auch Hinzelmeiers Gesicht war blaß, aber seine Augen leuchteten. „Deine Zeit ist um", sprach der Meister zu ihm. „Knie nieder, damit du losgesprochen werdest!" Dann zog er ein weißes Stäbchen aus dem Ärmel, und dem Knienden dreimal damit den Nacken berührend, sprach er:

„Das Wort ist gegeben
Unter die Geister;
Ruf es ins Leben,
So bist du der Meister.
Vorhanden ist es in keinem Reich.
Es ist ein Name, ein Dunst;
Finden und schaffen zugleich,
Das ist die Kunst!"

Dann hieß er ihn aufstehen. Ein Frösteln durchfuhr den Jüngling, als er in das greise, feierliche Angesicht des Meisters blickte. Er nahm Stab und Ranzen vom Boden und wollte von dannen gehen, aber der Meister rief: „Vergiß den Raben nicht!" Er griff mit der hageren Faust in seinen Bart und riß ein schwarzes Haar heraus. Das blies er durch die Finger; da schwang es sich als Rabe in die Luft.

Nun schwenkte er den Stab im Kreise um sein Haupt, und wie er schwenkte, flog der Rabe; dann streckte er den Arm aus und der Vogel setzte sich auf seine Faust. Hierauf hob er die grüne Brille von seiner Nase; und während er sie auf des Raben Schnabel klemmte, sprach er:

„Wege sollst du weisen,
Krahirius sollst du heißen!"

Da schrie der Rabe: „krahira! krahira!“ und hüpfte mit ausgespreizten Flügeln auf Hinzelmeiers Schulter. Der Meister aber sprach zu diesem:

„Wanderspruch und Wanderbuch
Hast du nun; und nun genug!“

Dann wies er mit dem Finger in das Tal hinab, wo der unendliche Weg über die Ebene lief, und während Hinzelmeier mit dem Reisehute grüßend in die Frühlingsnacht hinausging, schwang Krahirius sich auf und flog zu seinen Häupten.

5. Der Eingang zum Rosengarten

Die Sonne stand schon hoch am Himmel. Hinzelmeier hatte einen Richtweg über ein Feld mit grüner Wintersaat eingeschlagen, das sich unabsehbar vor ihm ausdehnte. Zu Ende desselben führte der Steig durch eine Öffnung des Walles auf einen geräumigen Platz hinaus, und Hinzelmeier stand vor den Gebäuden eines großen Bauernhofes. Es hatte zuvor geregnet; nun dampften die Strohdächer in der herben Frühlingssonne. Er stieß seinen Wanderstab in den Boden und blickte zur First des Wohnhauses hinauf, wo ein Volk von Sperlingen sein Wesen trieb. Plötzlich sah er aus einem der beiden weißen Schornsteine eine glänzende Scheibe in die Luft steigen, sich langsam im Sonnenschein wenden und darauf wieder in den Schornstein hinabfallen.

Hinzelmeier zog seine Taschenuhr hervor. „Es ist Mittag!“ sagte er, „sie backen Eierkuchen.“ – Ein lieblicher Duft verbreitete sich, und wieder stieg ein Eierkuchen in den Sonnenschein hinauf und sank nach einer kurzen Weile in den Schornstein zurück.

Der Hunger meldete sich: Hinzelmeier trat ins Haus und gelangte über einen breiten Flur in eine hohe, geräumige Küche, wie solche in größeren Gehöften zu sein pflegen. Am Herde, auf dem ein helles Reisigfeuer brannte, stand eine stämmige Bäuerin und tat den Teig in die zischende Pfanne.

Krahirius, der lautlos hintendrein geflogen war, setzte sich auf den Herdmantel, während Hinzelmeier fragte, ob er für Geld und gute Worte eine Mahlzeit hier bekommen könne.

„Hier ist kein Wirtshaus!" sagte die Frau, und schwang ihre Pfanne, daß der Eierkuchen prasselnd in den schwarzen Schlot hinauffuhr, und erst nach einer ganzen Weile mit der Oberseite in die Pfanne zurückklatschte.

Hinzelmeier griff nach seinem Stecken, den er beim Eintritt an die Tür gestellt hatte; allein die Alte fuhr mit der Gabel in den Eierkuchen und stülpte ihn rasch auf eine Schüssel. „Nun, nun!" sagte sie, „so war es nicht gemeint; setz Er sich nur; hier ist just einer fertig." Dann schob sie ihm einen hölzernen Stuhl an den Küchentisch und setzte den dampfenden Kuchen nebst Brot und einem Kruge jungen Landweins vor ihm hin.

Das ließ Hinzelmeier sich gefallen und hatte bald die derbe Speise und ein gut Teil des festen Roggenbrotes verzehrt. Dann setzte er den Krug an den Mund und tat einen herzhaften Zug auf die Gesundheit der Alten, und dann zu seiner eigenen Gesundheit noch manchen anderen hinterher. Das machte ihn so vergnügt, daß er ganz wie von selber zu singen anhub. „Er ist ja ein lustiger Mensch!" rief die Alte von ihrem Herde hinüber. Hinzelmeier nickte; ihm fielen auf einmal alle Lieder wieder ein, die er vorzeiten im elterlichen Hause von seiner schönen Mutter gehört hatte. Nun sang er sie, eines nach dem andern:

„Das macht, es hat die Nachtigall
Die ganze Nacht gesungen;
Da sind von ihrem süßen Schall,
Da sind von Hall und Widerhall
Die Rosen aufgesprungen.

Sie war doch sonst ein wildes Blut,
Nun geht sie tief in Sinnen;
Trägt in der Hand den Sommerhut
Und duldet still der Sonne Glut,
Und weiß nicht, was beginnen.
Das macht, es hat die Nachtigall
Die ganze Nacht gesungen! – –“

Da wurde in der Wand, dem Herde gegenüber, unter den Reihen der blanken Zinnteller ein Schiebefensterchen zurückgezogen, und ein schönes blondes Mädchen, es mochte des Hauswirts Tochter sein, steckte neugierig den Kopf in die Küche.

Hinzelmeier, der das Klirren der Fensterscheiben vernommen hatte, hörte auf zu singen und ließ seine Augen an den Wänden der Küche umherwandern; über das Butterfaß und die blanken Käsekessel und über den breiten Rücken der Alten bis an das offene Schiebefensterchen, wo sie an zwei anderen jungen Augen hängenblieben.

Das Mädchen wurde ganz rot. – „Er singt schön!“ sagte sie endlich.

„Es kam mir nur so“, erwiderte Hinzelmeier. „Ich singe sonst gar nicht.“

Dann schwiegen beide eine Weile, und man hörte nur das Zischen der Pfanne und das Prasseln der Eierkuchen.

„Der Kaspar singt auch schön!“ hub das Mädchen wieder an. „Freilich wohl!“ meinte Hinzelmeier.

„Ja“, sagte das Mädchen, „aber so schön wie Er macht er’s doch nicht. Wo hat Er denn das schöne Lied her?“ Hinzelmeier antwortete nicht darauf, sondern trat auf einen umgestürzten Zuber, der unter dem Schiebefenster stand, und sah an dem Mädchen vorbei in die Kammer. – Drinnen war voller Sonnenschein. Auf den roten Fliesen der Diele lagen die Schatten von Nelken- und Rosenstöcken, welche seitwärts vor einem Fenster stehen mochten. Plötzlich wurde im Hintergrund der Kammer eine Tür aufgerissen. Der Frühlingswind brauste herein und riß dem Mädchen ein blauseidnes Band von der Riegelhaube; dann fuhr er durchs Schiebefenster und trieb seine Beute kreiselnd in der Küche umher. Hinzelmeier aber warf seinen Hut danach und fing es wie einen Sommervogel.

Das Fenster war ein wenig hoch. Er wollte es dem Mädchen hinauflangen, sie bückte sich zu ihm heraus; da fuhren beide mit den Köpfen aneinander, daß es krachte. Das Mädchen schrie, die Zinnteller klirrten, Hinzelmeier wurde ganz konfus.

„Er hat einen gar wackeren Kopf!“ sagte das Mädchen, und wischte sich mit ihrer Hand die Tränen von den Wangen. Als aber Hinzelmeier sich das Haar aus der Stirn strich und ihr herzhaft ins Gesicht schaute, da schlug sie die Augen nieder und fragte: „Er hat sich doch kein Leids getan?“

Hinzelmeier lachte. „Nein, Jungfer“, rief er – er wußte selbst nicht, wie es ihm auf einmal einfallen mußte – „nimm Sie mir's nicht übel, aber Sie hat gewiß schon einen Schatz?“

Sie setzte die Faust unters Kinn und wollte ihn trotzig ansehen, aber ihre Augen blieben an den seinen hängen. – „Er faselt wohl“, sagte sie leise.

Hinzelmeier schüttelte den Kopf; es wurde ganz still zwischen den beiden.

„Jungfer!“ sagte nach einer Weile Hinzelmeier, „ich möchte Ihr das Band in die Kammer bringen!“

Das Mädchen nickte.

„Wo geht denn aber der Weg?“

Es klang ihm in den Ohren: „Mitunter auch durchs Fenster!“ Das war die Stimme seiner Mutter. Er sah sie an seinem Bette sitzen; er sah sie lächeln; es war ihm plötzlich, als stehe er in einem rosenroten Nebel, der aus dem offnen Schiebefenster in die Küche hereinzog. Er trat wieder auf den Zuber und legte seine Hände um den Nacken des Mädchens. Da sah er durch die offene Kammertür in einen Garten, darinnen standen die blühenden Rosenbüsche wie ein rotes Meer, und in der Ferne sangen kristallene Mädchenstimmen:

„Rinke, ranke Rosenschein,
Tu dich auf und schließ uns ein!“

Hinzelmeier drängte das Mädchen sanft in die Kammer zurück und stemmte die Hände auf das Fensterbrett, um sich mit einem Satz hineinzuschwingen; da hörte er es: „krahira, krahira!“ über seinem Kopfe schwirren, und ehe er sich’s versah, ließ der Rabe die grüne Brille aus der Luft und gerade auf seine Nase fallen. Nur wie im Traume sah er noch das Mädchen die Arme nach ihm ausstrecken; dann war auf einmal alles vor seinen Augen verschwunden; aber in weiter Ferne sah er durch die grünen Gläser eine dunkle Gestalt in einem tiefen Felsenkessel sitzen, welche mit einem Stemmeisen eifrig in den Grund zu bohren schien.

6. Ein Meisterschuß

„Der sucht den Stein der Weisen!“ dachte Hinzelmeier und seine Wangen begannen zu brennen; er schritt wacker auf die Erscheinung los; aber es war weiter als das durch die Brillengläser aussah; er rief dem Raben, der mußte mit seinen Flügeln ihm die Schläfe fächeln.

Erst nach Stunden hatte er den Grund der Schlucht erreicht. Nun sah er eine schwarze, rauhe Gestalt vor sich, die hatte zwei Hörner an der Stirn und einen langen Schwanz, den ließ sie hinter sich über das Gestein hinabhängen. Bei Hinzelmeiers Ankunft nahm sie das Stemmeisen zwischen die Zähne und begrüßte ihn mit dem verbindlichsten Kopfnicken, während sie mit der Schwanzquaste den Bohrstaub zusammenfegte. Hinzelmeier wurde fast um die Anrede verlegen, deshalb nickte er jedesmal mit gleicher Verbindlichkeit wieder, so daß also diese Komplimente von beiden Seiten eine Zeitlang fortdauerten. Endlich sagte der andere: „Sie kennen mich wohl nicht?“

„Nein“, sagte Hinzelmeier. „Sind Sie vielleicht ein Pumpenmeister?“

„Ja“, sagte der andere, „so etwas Ähnliches; ich bin der Teufel.“

Das wollte Hinzelmeier nicht glauben; aber der Teufel sah ihn mit zwei solchen Eulenaugen an, daß er am Ende gründlich überzeugt wurde und ganz bescheiden sagte: „Dürfte ich mir die Frage erlauben, ob Sie mit diesem ungeheuern Loche ein physikalisches Experiment beabsichtigen?“

„Kennen Sie die ultima ratio regum?“ fragte der Teufel.

„Nein“, sagte Hinzelmeier. „Die ratio regum hat nichts mit meiner Kunst zu schaffen.“

Der Teufel kratzte sich mit dem Pferdehuf hinter den Ohren, und sagte dann, einen überlegenen Ton annehmend: „Mein Kind, weißt du, was eine Kanone ist?“

„Freilich“, sagte Hinzelmeier lächelnd; denn das ganze hölzerne Arsenal aus seiner Knabenzeit sah er plötzlich im Geiste vor sich aufgepflanzt.

Der Teufel klatschte vor Vergnügen mit seinem Schwanze auf den Felsen. „Drei Pfund Schießpulver, ein Fünkchen Höllenfeuer dazu; dann –!“ Hier steckte er die eine Tatze in das Bohrloch; und, indem er die andere auf

Hinzelmeiers Schulter legte, sagte er vertraulich: „Die Welt ist unregierlich geworden. Ich will sie in die Luft sprengen.“

„Alle Wetter!“ schrie Hinzelmeier, „das ist ja aber eine Radikalkur, eine wahre Pferdekur!“

„Ja“, sagte der Teufel, „ultima ratio regum! versichere Sie, es gehört eine übermenschlich gute Natur dazu, um so etwas auszuhalten! Aber nun entschuldigen Sie ein Weilchen; ich muß ein wenig inspizieren.“ Mit diesen Worten zog er den Schwanz zwischen die Schenkel, und sprang in das Bohrloch hinab. Da überfiel den Hinzelmeier auf einmal eine ganz übernatürliche Courage, so daß er bei sich beschloß, den Teufel aus der Welt zu schießen. Mit fester Hand zog er seine Zunderbüchse aus der Tasche, pinkte Feuer und warf es in das Bohrloch; dann zählte er: „Ein – zwei –;“ aber er hatte noch nicht „drei“ gezählt, so entlud sich diese grundlose Pistole ihres Schusses samt ihrer Vorladung. Die Erde machte einen fürchterlichen Seitensprung durch den Himmel. Hinzelmeier stürzte in die Kniee; der Teufel aber flog wie eine Bombe durch die Luft, von einem Planetensystem in das andere, wo ihn die Anziehungskraft unseres Weltkörpers nicht mehr erreichen konnte. Hinzelmeier blickte ihm eine Weile nach; als er aber immer weiter und weiter flog, und gar nicht damit aufhören wollte, so gingen ihm endlich die Augen über. Sobald daher die Erde sich insoweit beruhigt hatte, daß mit zwei Beinen wieder auf ihr zu stehen war, sprang er auf und blickte um sich her. Zu seinen Füßen gähnte ihn der schwarze ausgebrannte Mörser an; von Zeit zu Zeit quoll eine Wolke braunen Rauches heraus und zog sich träge an den Felsen hin. Aber schon brach die Sonne durch den Dunst und vergoldete überall die Spitzen des Gesteines. Da nahm Hinzelmeier seine Tabakspfeife aus der Tasche, und die blauen Wolken vor sich hinblasend, rief er triumphierend: „Den Stein des Anstoßes habe ich aus der Welt geschossen; wohlan! der Stein der Weisen kann mir nicht entgehen!"

Dann setzte er seine Wanderung fort, und Krahirius flog zu seinen Häupten.

7. Die Rosenjungfrau

Aber er wanderte hin und her, kreuz und quer, er wurde müder und müder, sein Rücken wurde gekrümmt; aber immer fand er doch den Stein der Weisen nicht. So waren neun Jahre dahingegangen, als er eines Abends in ein Wirtshaus einkehrte, welches am Eingang einer großen Stadt gelegen war. Krahirius nahm sich mit der Klaue die Brille herunter und putzte sie an seinen Flügeln, dann setzte er sie wieder auf und hüpfte in die Küche. Als die Hausleute ihn sahen, lachten sie über seine Brille, nannten ihn „Herr Professor" und warfen ihm die fettsten Bissen vor.

„Wenn Ihr der Herr des Vogels seid", sagte der Wirt zu Hinzelmeier, „so ist nach Euch gefragt worden."

„Freilich bin ich das –" sagte Hinzelmeier.

„Wie heißt Ihr denn?"

„Ich heiße Hinzelmeier."

„Ei, ei", sagte der Wirt, „Ihren Herrn Sohn, den Gemahl der schönen Frau Abel, den kenne ich recht wohl."

„Das ist mein Vater", sagte Hinzelmeier verdrießlich, „und die schöne Frau Abel ist meine Mutter."

Da lachten die Leute, und sagten, der Herr sei außerordentlich spaßhaft. Hinzelmeier aber sah vor Zorn in einen Kessel.

Da starrte ihm ein grämliches Angesicht entgegen, voll Runzeln und Hahnepfötchen, und er gewahrte nun wohl, daß er abscheulich alt geworden sei.

„Ja ja!" rief er und schüttelte sich, als gelte es aus einem schweren Traum zu kommen; „wo war es doch? Ich war ja dicht davor.“ Dann erkundigte er sich bei dem Wirte, wer nach ihm gefragt habe.

„Es war nur eine arme Dirne“, sagte der Wirt, „sie trug ein weißes Kleid und ging mit nackten Füßen.“

„Das war die Rosenjungfrau!“ rief Hinzelmeier.

„Ja“, antwortete der Wirt, „ein Sträußermädel mag es wohl sein, sie hatte aber nur noch eine Rose in ihrem Körbchen“.

„Wohin ist sie gegangen?“ rief Hinzelmeier.

„Wenn Ihr sie sprechen müßt“, sagte der Wirt, „so werdet Ihr sie schon in der Stadt an einer Straßenecke finden können.“

Als Hinzelmeier das gehört hatte, schritt er eilig zum Hause hinaus und in die Stadt hinein; Krahirius, die Brille auf dem Schnabel, flog krächzend hinterher. Es ging aus einer Straße in die andere, und an allen Ecksteinen standen Blumenmädchen; aber sie trugen plumpe Schnallenschuhe und boten schreiend ihre Ware feil. Das waren keine Rosenjungfrauen. – Endlich, als schon die Sonne hinter den Häusern hinab war, gelangte Hinzelmeier an ein altes Haus, aus dessen offner Tür ein zartes Leuchten auf die dämmerige Gasse herausdrang. Krahirius warf den Kopf zurück und schlug ängstlich mit den Flügeln, Hinzelmeier aber achtete dessen nicht und trat über die Schwelle in einen weiten Hausflur, der ganz von rotem Schimmer erfüllt war. Tief im Hintergrunde, auf der untersten Stufe einer Wendeltreppe, sah er ein blasses Mädchen sitzen, in einem Körbchen, das sie auf ihrem Schoße hielt, lag eine rote Rose, aus deren Kelch das zarte Licht hervorbrach. Das Mädchen schien ermüdet, denn sie setzte eben die Lippen von einem irdnen Wasserkruge, der ihr von einem kleinen Knaben mit beiden Händen vorgehalten wurde. Ein großer Hund, der neben ihr an der Treppe lag und, wie das Kind, hier zu Hause zu gehören schien, legte den Kopf an ihr weißes Gewand und leckte ihre nackten Füße. – „Das ist sie!“

sagte Hinzelmeier, und seine Schritte wurden unsicher vor Hoffen und Erwarten. Und als die Jungfrau nun ihr Antlitz gegen ihn erhob, da fiel es ihm wie Schuppen von den Augen, und er erkannte mit einemmal das Mädchen aus der Bauernküche; nur trug sie heute nicht das bunte Mieder, und das Rot auf ihren Wangen war nur der Abglanz von dem Rosenlichte.

„O du!“ rief Hinzelmeier, „nun wird noch alles, alles gut!“

Sie streckte die Arme nach ihm aus, sie wollte lächeln; aber die Tränen sprangen ihr in die Augen. „Wo ist Er denn so lange in der Welt umhergelaufen?“ sagte sie.

Und als er nun in ihre Augen sah, da erschrak er vor lauter Freude; denn dort stand sein eignes Bild, aber kein Bild, wie es ihn kurz vorher aus dem kupfernen Kessel angeglotzt hatte; nein, ein Gesicht, so jung und frisch und lustig, daß er laut aufjauchzen mußte; er hätte es um alle Welt nicht lassen können. – –

Da quoll von der Straße her ein Menschenschwarm ins Haus, schreiend und mit den Händen fechtend. „Hier steht der Herr des Vogels!“ rief ein untersetztes Männlein; dann drangen alle auf Hinzelmeier ein.

Dieser faßte die Hand des Mädchens und fragte: „Was ist es mit dem Raben?“

„Was es ist?“ sagte der Dicke, „dem Herrn Bürgermeister hat er die Perücke gestohlen!“ – „Ja, ja“, riefen alle, „und nun sitzt es draußen auf der Dachrinne, das Ungetüm, und hat die Perücke in den Klauen, und glotzt ihre Wohlweisheit durch seine grünen Brillengläser an!“

Hinzelmeier wollte reden, aber sie nahmen ihn in ihre Mitte und schoben ihn gegen die Tür. Mit Schrecken fühlte er die Hand der Rosenjungfrau aus der seinen gleiten. So kam er auf die Straße.

Droben auf der Dachrinne des Hauses saß noch immer der Rabe und sah mit seinen schwarzen Augen lauernd auf die aus dem Hause Kommenden hinab. Plötzlich öffnete er die Klaue; und während die Bürger mit Stökken und Regenschirmen nach der Perücke ihres Bürgermeisters in der Luft umherlangten, hörte Hinzelmeier es „krahira, krahira!“ über seinem Haupte schwirren, und in demselben Augenblicke saß auch die grüne Brille schon auf seiner Nase.

Da war auf einmal die Stadt vor seinen Augen verschwunden; aber durch die Brillengläser sah er zu seinen Füßen ein grünes Tal mit Meierhöfen und Dörfern. Sonnenbeschienene Wiesen zogen sich ringsumher, auf welchen barfüßige Dirnen mit blanken Milcheimern durch das Gras schritten, während in weiterer Entfernung von den Dörfern junge Kerle die Sense schwangen. Was aber Hinzelmeiers Augen fesselte, war die Gestalt eines Menschen in rot und weißer Bluse, mit einer spitzen Kappe auf dem Kopfe, welcher inmitten einer Wiese mit auf den Knien gestützten Armen in nachdenklicher Stellung auf einem Steine zu sitzen schien.

8. Nachbars Kasperle

Da dachte Hinzelmeier: „Das ist der Stein der Weisen!“ und ging geraden Weges auf ihn zu. Der Mensch aber beharrte in seiner nachdenklichen Stellung, nur daß er zu Hinzelmeiers Erstaunen seine große Nase mit Gummi elasticum über das Kinn herabzog.

„Ei, lieber Herr, was treibt Ihr denn da?“ rief Hinzelmeier.

„Das weiß ich nicht“, sagte der „aber ich habe da eine verwünschte Glocke an der Mütze, die mich abscheulich im Denken stört.“

„Warum zupft Ihr Euch denn aber so entsetzlich an der Nase?“

„Oh“, sagte der Mensch, und ließ den Nasenzipfel fahren, daß er mit einem Klaps wieder in seine alte Form zurückschnellte „da bitte ich um Entschuldigung; aber ich leide oftmals an Gedanken, denn ich suche den Stein der Weisen."

„Mein Gott!" sagte Hinzelmeier, „da seid Ihr wohl gar des Nachbars Kasperle, der gar nicht wieder nach Haus gekommen ist?"

„Ja", sagte der Mensch und reichte Hinzelmeier die Hand, „der bin ich."

„Und ich bin Nachbars Hinzelmeier", sagte dieser, „und suche auch den Stein der Weisen."

Hierauf reichten sie sich noch einmal die Hände und kreuzten dabei die Finger auf eine Weise, woran sie sich gegenseitig als Eingeweihte erkannten. Dann sagte Kasperle: „Ich suche den Stein der Weisen jetzt nicht mehr."

„Da reist Ihr vielleicht nach dem Rosengarten?" rief Hinzelmeier.

„Nein", sagte Kasperle, „ich suche den Stein nicht mehr; aber ich habe ihn bereits gefunden."

Da verstummte Hinzelmeier eine ganze Zeitlang; endlich faltete er andächtig die Hände und sagte feierlich: „Es mußte schon so kommen, ich wußte es wohl; denn ich habe vor neun Jahren den Teufel aus der Welt geschossen."

„Das muß sein Sohn gewesen sein", sagte der andere, „dem alten Teufel bin ich noch vorgestern begegnet."

„Nein", sagte Hinzelmeier, „es war der alte Teufel; denn er hatte Hörner vor der Stirn und einen Schwanz mit schwarzer Quaste. Aber erzählt mir doch, wie Ihr den Stein gefunden habt."

„Das ist einfach", sagte Kasperle; „dort unten im Dorfe wohnen lauter dumme Leute, die nur mit Schafen und Rindvieh verkehren; sie wußten nicht, welchen Schatz sie besaßen; da habe ich ihn in einem alten Keller gefunden, und mit drei Sechslingen das Pfund bezahlt. Und nun denke ich bereits seit gestern darüber nach, wozu er nütze sei, und hätte es vermutlich schon gefunden, wenn mich die verwünschte Glocke nicht dabei gestört hätte."

„Lieber Herr Kollege!" sagte Hinzelmeier, „das ist eine höchst kritische Frage, woran vor Euch wohl noch kein Mensch gedacht hat! Aber wo habt Ihr denn den Stein?"

„Ich sitze darauf", sagte Kasperle und zeigte aufstehend Hinzelmeiern den runden, wachsgelben Körper, worauf er bisher gesessen hatte.

„Ja", sagte Hinzelmeier, „es ist kein Zweifel, Ihr habt ihn wirklich gefunden; aber nun laßt uns bedenken, wozu er nütze sei."

Damit setzten sie sich einander gegenüber auf den Boden, indem sie den Stein zwischen sich nahmen und die Ellenbogen auf ihre Knie stützten.

So saßen und saßen sie; die Sonne ging unter, der Mond ging auf, und noch immer hatten sie nichts gefunden. Mitunter fragte der eine: „Habt Ihr's?" Aber der andere schüttelte immer mit dem Kopfe und sagte: „Nein, ich nicht; habt Ihr's?" Und dann antwortete der andere: „Ich auch nicht."

Krahirius ging ganz vergnügt im Grase auf und nieder und fing sich Frösche. Kasperle zupfte sich schon wieder an seiner schönen, großen Nase; da ging der Mond unter und die Sonne kam herauf, und Hinzelmeier fragte wieder: „Habt Ihr's?" und Kasperle schüttelte wieder den Kopf und sagte. „Nein, ich nicht; habt Ihr's?" und Hinzelmeier antwortete trübselig: „Ich auch nicht."

Dann dachten sie wieder eine ganze Weile nach; endlich sagte Hinzelmeier: „So müssen wir erst die Brille polieren, dann werden wir hernach schon sehen, wozu er nutze sei." Und kaum hatte Hinzelmeier seine Brille abgenommen, so ließ er sie vor Erstaunen ins Gras fallen und rief: „Ich hab es! Herr Kollege, man muß ihn essen! Nehmt nur gefälligst die Brille von Eurer schönen Nase."

Da nahm auch Kasperle die Brille herunter, und, nachdem er seinen Stein eine Weile betrachtet hatte, sagte er: „Dies ist ein sogenannter Lederkäse und muß mit des Himmels Hilfe gegessen werden. Bedienen Sie sich, Herr Kollege!“ Und nun zogen beide ihre Messer aus der Tasche und hieben wacker in den Käse ein. Krahirius kam herbeigeflogen, und, nachdem er die Brille aus dem Grase aufgesammelt und über seinen Schnabel geklemmt hatte, setzte er sich gemächlich zwischen die Essenden und schnappte nach den Rinden.

„Ich weiß nicht“, sagte Hinzelmeier, nachdem der Käse verzehrt war, „mir ist unmaßgeblich zumute, als wäre ich dem Stein der Weisen um ein Erkleckliches näher gerückt.“

„Wertester Herr Kollege“, erwiderte Kasperle, „Ihr sprecht aus meiner Seele. So laßt uns denn ungesäumt unsere Wanderung fortsetzen.“

Nach diesen Worten umarmten sie sich; Kasperle ging nach Westen, Hinzelmeier nach Osten, und zu seinen Häupten, die Brille auf dem Schnabel, flog Krahirius.

9. Der Stein der Weisen

Aber er wanderte hin und her, kreuz und quer, sein Haar ergraute, seine Beine wurden wankend; am Stabe ging er von Land zu Land, und immer fand er doch den Stein der Weisen nicht. So waren noch einmal neun Jahre vergangen, als er eines Abends, wie er es jeden Abend zu tun pflegte, in ein Wirtshaus trat. Krahirius putzte wie gewöhnlich seine Brille, und hüpfte dann in die Küche, um sich sein Abendbrot zu betteln. Hinzelmeier trat in die Stube und lehnte seinen Stab in die Kachelofenecke; dann setzte er sich still und müde in den großen Lehnstuhl. Der Wirt stellte einen Krug Wein vor ihm hin, und sagte freundlich: „Ihr scheinet müde, lieber Herr; trinket nur, das wird Euch stärken!“

„Ja“, sagte Hinzelmeier, und faßte den Krug mit beiden Händen, „sehr müde; ich bin lange gewandert, sehr lange.“ Dann schloß er die Augen und tat einen durstigen Zug aus dem Weinkruge.

„Wenn ihr der Herr des Vogels seid, so glaube ich fast, es ist nach Euch gefragt worden“, sagte der Wirt. „Wie heißet Ihr denn, lieber Herr?“

„Ich heiße Hinzelmeier.“

„Nun“, sagte der Wirt „Euren Enkel, den Gemahl der schönen Frau Abel, den kenne ich recht wohl.“

„Das ist mein Vater“, sagte Hinzelmeier, „und die schöne Frau Abel ist meine Mutter.“

Der Wirt zuckte mit den Achseln, und indem er sich nach seiner Schenke wandte, sagte er bei sich selber: „Der arme alte Mann ist kindisch geworden.“

Hinzelmeier ließ den Kopf auf seine Brust sinken und erkundigte sich, wer nach ihm gefragt habe.

„Es war nur eine arme Dirne“, sagte der Wirt, „sie trug ein weißes Kleid und ging mit nackten Füßen.“ Da lächelte Hinzelmeier und sagte leise: „Das war die Rosenjungfrau, nun wird es bald besser werden. Wohin ist sie gegangen?“

„Es schien ein Blumenmädchen zu sein“, sagte der Wirt, „wenn Ihr sie sprechen wollt, Ihr werdet sie leicht an den Straßenecken finden können.“

„Ich muß ein Weilchen schlafen“, sagte Hinzelmeier, „gebt mir eine Kammer, und wenn der Hahn kräht, dann klopft an meine Tür.“

Nun gab der Wirt ihm eine Kammer, und Hinzelmeier legte sich zur Ruhe. Er träumte von seiner schönen Mutter; er lächelte, sie sprach im Traume zu ihm. Da flog Krahirius durch das offene Fenster und setzte sich zu seinen Häupten auf das Bett. Er sträubte seine schwarzen Federn und hackte mit seiner Klaue sich die

Brille von dem Schnabel. Dann stand er unbeweglich auf einem Bein und sah auf den Schlafenden hinunter. Der träumte weiter, und seine schöne Mutter sprach zu ihm: „Vergiß die Rose nicht!" Der Schlafende nickte leise mit dem Kopfe; der Rabe aber öffnete die Klaue und ließ die Brille auf seine Nase fallen.

Da verwandelten sich seine Träume; seine eingefallenen Wangen begannen zu zucken, er streckte sich lang aus und stöhnte. – So kam die Nacht.

Als im Zwielicht der Hahn gekräht hatte, klopfte der Wirt an die Kammertür; Krahirius reckte die Flügel und zupfte seinen Federbalg zurecht; dann schrie er „krahira! krahira!" Hinzelmeier richtete sich mühsam auf und starrte um sich her; da sah er durch die Brille, die noch auf seiner Nase saß, zur Kammertür hinaus, über ein weites, ödes Feld; dann weiterhin auf einen mählich ansteigenden Hügel; auf diesem, unter dem Rumpfe einer alten Weide, lag ein grauer, flacher Stein, die Gegend war einsam, kein Mensch zu sehen.

„Das ist der Stein der Weisen!" sagte Hinzelmeier zu sich selber. „Endlich, endlich wird er dennoch mein werden!"

Hastig warf er seine Kleider über, nahm Stab und Ranzen und schritt zur Tür hinaus. Krahirius flog zu seinen Häupten, knappte mit dem Schnabel und schlug beim Fliegen Purzelbäume in der Luft. So wanderten sie viele Stunden. Endlich schienen sie ihrem Ziele näher zu kommen; aber Hinzelmeier war ermüdet, seine Brust keuchte, der Schweiß troff von seinen weißen Haaren; er stand still und stützte sich auf seinen Stab. Da kam aus der Ferne, hinter ihm, ganz aus der Ferne, fast wie ein Traum, ein Gesang zu ihm herüber:

„Rinke, ranke, Rosenschein,
Laß ihn nicht allein, allein!
Halt ihn fest und hol ihn ein,
Rinke, ranke, Rosenschein!"

Das spann sich wie ein goldenes Netz um ihn her; er ließ den Kopf auf seine Brust sinken; aber Krahirius schrie: „krahira! krahira!“ da war das Lied verschollen, und als Hinzelmeier die Augen wieder aufschlug, stand er am Fuße des Hügels.

„Nur eine kleine Weile noch“, sagte er zu sich selber und ließ noch einmal seine müden Füße wandern. Als er aber den großen, breiten Stein allmählich in der Nähe sah, da dachte er: „Den wirst du nimmer heben.“

Endlich hatten sie die Höhe erreicht, Krahirius flog voran mit ausgebreiteten Schwingen, und ließ sich auf den Baumstamm nieder; Hinzelmeier wankte zitternd hinterher. Als er aber den Baum erreicht hatte, brach er zusammen, der Wanderstab glitt aus seiner Hand, sein Kopf sank auf den Stein zurück; doch in demselben Augenblick fiel auch die Brille von seiner Nase. Da sah er tief am Horizonte, am Rande der öden Ebene, die er durchwandert hatte, die weiße Gestalt der Rosenjungfrau; und noch einmal hörte er aus weiter Ferne:

„Rinke – ranke – Rosenschein.“

Er wollte aufstehen, aber er vermochte es nicht mehr; er streckte seine Arme aus, aber ein Frösteln lief über seine Glieder; der Himmel wurde grau und grauer, der Schnee fing an zu fallen, Flocke um Flocke, es schimmerte und flirrte und zog weiße Schleier zwischen ihm und der fernen, nebelhaften Gestalt. Er ließ die Arme fallen, seine Augen sanken ein, sein Atem hörte auf. Auf dem Weidenstumpf zu seinen Häupten steckte der Rabe den Schnabel zum Schlaf in seine Flügeldecken. – Der Schnee fiel über sie beide.

Die Nacht kam, und nach der Nacht kam der Morgen, und mit dem Morgen kam die Sonne, die schmolz den Schnee hinweg, und mit der Sonne kam die Rosenjungfrau; die löste ihre Flechten und kniete neben dem Toten,

daß die blonden Haare sein bleiches Antlitz ganz bedeckten, und weinte, bis der Tag verging. Als aber die Sonne erlosch, gurrte der Rabe im Schlaf und rauschte mit den Federn. Da richtete die zarte Gestalt der Jungfrau sich vom Boden auf, mit ihrer weißen Hand ergriff sie den Raben bei den Flügeln und schleuderte ihn in die Luft, daß er krächzend in den grauen Himmel hineinflog, sie pflanzte die rote Rose an den Stein und sang dazu:

„Nun streck die Würzlein tief hinab,
Nun wirf die Blättlein übers Grab,
Und singt der Wind im Abendschein
Dann sprich auch du ein Wort darein,
Mit rinke, ranke, Rosenschein!“

Dann zerriß sie ihr weißes Kleid vom Saum bis an den Gürtel, und ging zu ewiger Gefangenschaft in den Rosengarten zurück.

Bulemanns Haus

In einer norddeutschen Seestadt, in der sogenannten Düsternstraße, steht ein altes verfallenes Haus. Es ist nur schmal, aber drei Stockwerke hoch; in der Mitte desselben, vom Boden bis fast in die Spitze des Giebels, springt die Mauer in einem erkerartigen Ausbau vor, welcher für jedes Stockwerk nach vorne und an den Seiten mit Fenstern versehen ist, so daß in hellen Nächten der Mond hindurchscheinen kann.

Seit Menschengedenken ist niemand in dieses Haus hinein- und niemand herausgegangen; der schwere Messingklopfer an der Haustür ist fast schwarz von Grünspan, zwischen den Ritzen der Treppensteine wächst jahraus jahrein das Gras. – Wenn ein Fremder fragt: „Was ist denn das für ein Haus?“ so erhält er gewiß zur Antwort: „Es ist Bulemanns Haus“; wenn er aber weiter fragt: „Wer wohnt denn darin?“ so antworten sie ebenso gewiß: „Es wohnt so niemand darin.“ Die Kinder auf den Straßen und die Ammen an der Wiege singen:

„In Bulemanns Haus,
In Bulemanns Haus,
Da gucken die Mäuse
Zum Fenster hinaus.“

Und wirklich wollen lustige Brüder, die von nächtlichen Schmäusen dort vorbeigekommen, ein Gequieke wie von unzähligen Mäusen hinter den dunkeln Fenstern gehört haben. Einer, der im Übermut den Türklopfer anschlug, um den Widerhall durch die öden Räume schollern zu hören, behauptet sogar, er habe drinnen auf den Treppen ganz deutlich das Springen großer Tiere gehört. „Fast“, pflegt er, dies erzählend hinzuzusetzen, „hörte es sich an wie die Sprünge der großen Raubtiere, welche in der Menageriebude auf dem Rathausmarkte gezeigt wurden."

Das gegenüberstehende Haus ist um ein Stockwerk niedriger, so daß nachts das Mondlicht ungehindert in die oberen Fenster des alten Hauses fallen kann. Aus einer solchen Nacht hat auch der Wächter etwas zu erzählen, aber es ist nur ein kleines altes Menschenantlitz mit einer bunten Zipfelmütze, das er droben hinter den runden Erkerfenstern gesehen haben will. Die Nachbarn dagegen meinen, der Wächter sei wieder einmal betrunken gewesen; sie hätten drüben an den Fenstern niemals etwas gesehen, das einer Menschenseele gleich gewesen.

Am meisten Auskunft scheint noch ein alter, in einem entfernten Stadtviertel lebender Mann geben zu können, der vor Jahren Organist an der St. Magdalenenkirche gewesen ist. „Ich entsinne mich", äußerte er, als er einmal darüber befragt wurde, „noch sehr wohl des hagern Mannes, der während meiner Knabenzeit allein mit einer alten Weibsperson in jenem Hause wohnte. Mit meinem Vater, der ein Trödler gewesen ist, stand er ein paar Jahre lang in lebhaftem Verkehr und ich bin derzeit manchesmal mit Bestellungen an ihn geschickt worden. Ich weiß auch noch, daß ich nicht gern diese Wege ging und oft allerlei Ausflucht suchte; denn selbst bei Tage fürchtete ich mich, dort die schmalen dunkeln Treppen zu Herrn Bulemanns Stube im dritten Stockwerk hinaufzusteigen. Man nannte ihn unter den Leuten den ‚Seelenverkäufer'; und schon dieser Name erregte mir Angst, zumal daneben allerlei unheimlich Gerede über ihn im Schwange ging. Er war, ehe er nach seines Vaters Tode das alte Haus bezogen, viele Jahre als Supercargo auf Westindien gefahren. Dort sollte er sich mit einer Schwarzen verheiratet haben; als er aber heimgekommen, hatte man vergebens darauf gewartet, eines Tages auch jene Frau mit einigen dunkeln Kindern anlangen zu sehen. Und bald hieß es, er habe auf der Rückfahrt ein Sklavenschiff getroffen und an den Kapitän desselben sein eigen Fleisch und Blut nebst ihrer Mutter um schnödes Gold verkauft. – Was Wahres an solchen Reden gewesen, vermag ich nicht zu sagen", pflegte der Greis hinzuzusetzen; „denn ich will auch einem Toten nicht zu nahetreten; aber so viel ist gewiß, ein geiziger und menschenscheuer Kauz war es; und seine Augen blickten auch, als hätten sie bösen Taten zugesehen. Kein Unglücklicher und Hilfesuchender durfte seine Schwelle betreten; und wann immer ich damals dort gewesen, stets war von innen die eiserne Kette vor die Tür gelegt. – Wenn ich dann den schweren Klopfer wiederholt hatte anschlagen müssen, so hörte ich wohl von der obersten Treppe herab die scheltende Stimme des Hausherrn: ‚Frau Anken! Frau Anken! Ist Sie taub? Hört Sie nicht, es hat geklopft!' Alsbald ließen sich aus dem Hinterhause über Pesel und Korridor die schlurfenden Schritte des alten Weibes vernehmen. Bevor sie aber öffnete, fragte sie hüstelnd: ‚Wer ist es denn?' und erst, wenn ich geantwortet hatte: ‚Es ist der Leberecht!' wurde die Kette drinnen abgehakt. Wenn ich dann hastig die siebenundsiebzig Treppenstufen – denn ich habe sie einmal gezählt – hinaufgestiegen war, pflegte Herr Bulemann auf dem kleinen dämmerigen Flur vor seinem Zimmer schon auf mich zu warten; in dieses selbst hat er mich nie hineingelassen. Ich sehe ihn noch, wie er in seinem gelbgeblümten Schlafrocke mit der spitzen Zipfelmütze vor mir stand, mit der einen Hand rücklings die Klinke seiner Zimmertür haltend. Während ich mein Gewerbe bestellte, pflegte er mich mit seinen grellen runden Augen ungeduldig anzusehen und mich darauf hart und kurz abzufertigen. Am meisten erregten damals meine Aufmerksamkeit ein paar ungeheuere Katzen, eine gelbe und eine schwarze, die sich mitunter hinter ihm aus seiner Stube drängten und ihre dicken Köpfe an seinen Knien rieben. Nach einigen Jahren hörte indessen der Verkehr mit meinem Vater auf, und ich bin nicht mehr dort gewesen. – Dies alles ist nun über siebzig Jahre her, und Herr Bulemann muß längst dahin getragen sein, von wannen niemand wiederkehrt.“ – – Der Mann irrte sich, als er so sprach. Herr Bulemann ist nicht aus seinem Hause getragen worden; er lebt darin noch jetzt.

Das aber ist so zugegangen.

Vor ihm, dem letzten Besitzer, noch um die Zopf- und Haarbeutelzeit, wohnte in jenem Hause ein Pfandverleiher, ein altes verkrümmtes Männchen. Da er sein Gewerbe mit Umsicht seit über fünf Jahrzehnten betrieben hatte und mit einem Weibe, das ihm seit dem Tode seiner Frau die Wirtschaft führte, aufs spärlichste lebte, so war er endlich ein reicher Mann geworden. Dieser Reichtum bestand aber zumeist in einer fast unübersehbaren Menge von Pretiosen, Geräten und seltsamstem Trödelkram, was er alles von Verschwendern oder Notleidenden im Lauf der Jahre als Pfand erhalten hatte und das dann, da die Rückzahlung des darauf gegebenen Darlehns nicht erfolgte, in seinem Besitz zurückgeblieben war. – Da er bei einem Verkauf dieser Pfänder, welcher gesetzlich durch die Gerichte geschehen mußte, den Überschuß des Erlöses an die Eigentümer hätte herausgeben müssen, so häufte er sie lieber in den großen Nußbaumschränken auf, mit denen zu diesem Zwecke nach und nach die Stuben des ersten und endlich auch des zweiten Stockwerks besetzt wurden. Nachts aber, wenn Frau Anken im Hinterhause in ihrem einsamen Kämmerchen schnarchte und die schwere Kette vor der Haustür lag, stieg er oft mit leisem Tritt die Treppen auf und ab. In seinen hechtgrauen Rockelor eingeknöpft, in der einen Hand die Lampe, in der andern das Schlüsselbund, öffnete er bald im ersten, bald im zweiten Stockwerke die Stuben- und die Schranktüren, nahm hier eine goldene Repetieruhr, dort eine emaillierte Schnupftabakdose aus dem Versteck hervor und berechnete bei sich die Jahre ihres Besitzes und ob die ursprünglichen Eigentümer dieser Dinge wohl verkommen und verschollen seien oder ob sie noch einmal mit dem Gelde in der Hand wiederkehren und ihre Pfänder zurückfordern könnten. – –

Der Pfandverleiher war endlich im äußersten Greisenalter von seinen Schätzen weggestorben und hatte das Haus nebst den vollen Schränken seinem einzigen Sohne hinterlassen müssen, den er während seines Lebens auf jede Weise daraus fernzuhalten gewußt hatte.

Dieser Sohn war der von dem kleinen Leberecht so gefürchtete Supercargo, welcher eben von einer überseeischen Fahrt in seine Vaterstadt zurückgekehrt war. Nach dem Begräbnis des Vaters gab er seine früheren Geschäfte auf und bezog dessen Zimmer im dritten Stock des alten Erkerhauses, wo nun statt des verkrümmten Männchens im hechtgrauen Rockelor eine lange hagere Gestalt im gelbgeblümten Schlafrock und bunter Zipfelmütze auf und ab wandelte oder rechnend an dem kleinen Pulte des Verstorbenen stand. – Auf Herrn Bulemann hatte sich indessen das Behagen des alten Pfandverleihers an den aufgehäuften Kostbarkeiten nicht vererbt. Nachdem er bei verriegelten Türen den Inhalt der großen Nußbaumschränke untersucht hatte, ging er mit sich zu Rate, ob er den heimlichen Verkauf dieser Dinge wagen solle, die immer noch das Eigentum anderer waren und an deren Wert er nur auf Höhe der ererbten und, wie die Bücher ergaben, meist sehr geringen Darlehnsforderung einen Anspruch hatte. Aber Herr Bulemann war keiner von den Unentschlossenen. Schon in wenigen Tagen war die Verbindung mit einem in der äußersten Vorstadt wohnenden Trödler angeknüpft und nachdem man einige Pfänder aus den letzten Jahren zurückgesetzt hatte, wurde heimlich und vorsichtig der bunte Inhalt der großen Nußbaumschränke in gediegene Silbermünzen umgewandelt. – Das war die Zeit, wo der

Knabe Leberecht ins Haus gekommen war. – Das gelöste Geld tat Herr Bulemann in große, eisenbeschlagene Kasten, welche er nebeneinander in seine Schlafkammer setzen ließ; denn bei der Rechtlosigkeit seines Besitzes wagte er nicht, es auf Hypotheken auszutun oder sonst öffentlich anzulegen.

Als alles verkauft war, machte er sich daran, sämtliche für die mögliche Zeit seines Lebens denkbare Ausgaben zu berechnen. Er nahm dabei ein Alter von neunzig Jahren in Ansatz, und teilte dann das Geld in einzelne Päckchen je für eine Woche, indem er auf jedes Quartal noch ein Röllchen für unvorhergesehene Ausgaben dazulegte. Dieses Geld wurde für sich in einen Kasten gelegt, welcher nebenan in dem Wohnzimmer stand; und alle Sonnabendmorgen erschien Frau Anken, die alte Wirtschafterin, die er aus der Verlassenschaft seines Vaters mit übernommen hatte, um ein neues Päckchen in Empfang zu nehmen und über die Verausgabung des vorigen Rechenschaft zu geben.

Wie schon erzählt, hatte Herr Bulemann Frau und Kinder nicht mitgebracht; dagegen waren zwei Katzen von besonderer Größe, eine gelbe und eine schwarze, am Tage nach der Beerdigung des alten Pfandverleihers durch einen Matrosen in einem fest zugebundenen Sacke von Bord des Schiffes ins Haus getragen worden. Diese Tiere waren bald die einzige Gesellschaft ihres Herrn. Sie erhielten mittags ihre eigene Schüssel, die Frau Anken unter verrissenem Ingrimm tagaus und -ein für sie bereiten mußte; nach dem Essen, während Herr Bulemann sein kurzes Mittagsschläfchen abtat, saßen sie gesättigt neben ihm auf dem Kanapee, ließen ein Läppchen Zunge hervorhängen und blinzelten ihn schläfrig aus ihren grünen Augen an. Waren sie in den unteren Räumen des Hauses auf der Mausjagd gewesen, was ihnen indessen immer einen heimlichen Fußtritt von dem alten Weibe eintrug, so brachten sie gewiß die gefangenen Mäuse zuerst ihrem Herrn im Maule hergeschleppt und zeigten sie ihm, ehe sie unter das Kanapee krochen und sie verzehrten. War dann die Nacht gekommen und hatte Herr Bulemann die bunte Zipfelmütze mit einer weißen vertauscht, so begab er sich mit seinen beiden Katzen in das große Gardinenbett im Nebenkämmerchen, wo er sich durch das gleichmäßige Spinnen der zu seinen Füßen eingewühlten Tiere in den Schlaf bringen ließ.

Dieses friedliche Leben war indes nicht ohne Störung geblieben. Im Lauf der ersten Jahre waren dennoch einzelne Eigentümer der verkauften Pfänder gekommen und hatten gegen Rückzahlung des darauf erhaltenen Sümmchens die Auslieferung ihrer Pretiosen verlangt. Und Herr Bulemann, aus Furcht vor Prozessen, wodurch sein Verfahren in die Öffentlichkeit hätte kommen können, griff in seine großen Kasten und erkaufte sich durch größere oder kleinere Abfindungssummen das Schweigen der Beteiligten. Das machte ihn noch menschenfeindlicher und verbissener. Der Verkehr mit dem alten Trödler hatte längst aufgehört; einsam saß er auf seinem Erkerstübchen mit der Lösung eines schon oft gesuchten Problems, der Berechnung eines sichern Lotteriegewinnes, beschäftigt, wodurch er dermaleinst seine Schätze ins Unermeßliche zu vermehren dachte. Auch Graps und Schnores, die beiden großen Kater, hatten jetzt unter seiner Laune zu leiden. Hatte er sie in dem einen Augenblicke mit seinen langen Fingern getätschelt, so konnten sie sich im andern, wenn etwa die Berechnung der Zahlentafeln nicht stimmen wollte, eines Wurfs mit dem Sandfaß oder der Papierschere versehen, so daß sie heulend in die Ecke hinkten.

Herr Bulemann hatte eine Verwandte, eine Tochter seiner Mutter aus erster Ehe, welche indessen schon bei dem Tode dieser wegen ihrer Erbansprüche abgefunden war und daher an die von ihm ererbten Schätze keine Ansprüche hatte. Er kümmerte sich jedoch nicht um diese

Halbschwester, obgleich sie in einem Vorstadtviertel in den dürftigsten Verhältnissen lebte; denn noch weniger als mit anderen Menschen liebte Herr Bulemann den Verkehr mit dürftigen Verwandten. Nur einmal, als sie kurz nach dem Tode ihres Mannes in schon vorgerücktem Alter ein kränkliches Kind geboren hatte, war sie hilfesuchend zu ihm gekommen. Frau Anken, die sie eingelassen, war horchend unten auf der Treppe sitzen geblieben, und bald hatte sie von oben die scharfe Stimme ihres Herrn gehört, bis endlich die Tür aufgerissen worden, und die Frau weinend die Treppe herabgekommen war. Noch an demselben Abend hatte Frau Anken die strenge Weisung erhalten, die Kette fürderhin nicht von der Haustür zu ziehen, falls etwa die Christine noch einmal wiederkommen sollte.

Die Alte begann sich immer mehr vor der Hakennase und den grellen Eulenaugen ihres Herrn zu fürchten. Wenn er oben am Treppengeländer ihren Namen rief oder auch, wie er es vom Schiffe her gewohnt war, nur einen schrillen Pfiff auf seinen Fingern tat, so kam sie gewiß, in welchem Winkel sie auch sitzen mochte, eiligst hervorgekrochen, und stieg stöhnend, Schimpf- und Klageworte vor sich herplappernd, die schmalen Treppen hinauf.

Wie aber in dem dritten Stockwerke Herr Bulemann, so hatte in den unteren Zimmern Frau Anken ihre ebenfalls nicht ganz rechtlich erworbenen Schätze aufgespeichert. – Schon in dem ersten Jahre ihres Zusammenlebens war sie von einer Art kindischer Angst befallen worden, ihr Herr könne einmal die Verausgabung des Wirtschaftsgeldes selbst übernehmen, und sie werde dann bei dem Geize desselben noch auf ihre alten Tage Not zu leiden haben. Um dieses abzuwenden, hatte sie ihm vorgelogen, der Weizen sei aufgeschlagen, und demnächst die entsprechende Mehrsumme für den Brotbedarf gefordert. Der Supercargo, der eben seine Lebensrechnung begonnen, hatte scheltend seine Papiere zerrissen, und darauf seine Rechnung von vorn wieder aufgestellt und den Wochenrationen die verlangte Summe zugesetzt. – Frau Anken aber, nachdem sie ihren Zweck erreicht, hatte zur Schonung ihres Gewissens und des Sprichworts gedenkend: „Geschleckt ist nicht gestohlen", nun nicht die überschüssig empfangenen Schillinge, sondern regelmäßig nur die dafür gekauften Weizenbrötchen unterschlagen, mit denen sie, da Herr Bulemann niemals die unteren Zimmer betrat, nach und nach die ihres kostbaren Inhalts beraubten großen Nußbaumschränke anfüllte.

So mochten etwa zehn Jahre verflossen sein. Herr Bulemann wurde immer hagerer und grauer, sein gelbgeblümter Schlafrock immer fadenscheiniger. Dabei vergingen oft Tage, ohne daß er den Mund zum Sprechen geöffnet hätte; denn er sah keine lebenden Wesen als die beiden Katzen und seine alte halb kindische Haushälterin. Nur mitunter, wenn er hörte, daß unten die Nachbarskinder auf den Prellsteinen vor seinem Hause ritten, steckte er den Kopf ein wenig aus dem Fenster und schalt mit seiner scharfen Stimme in die Gasse hinab. – „Der Seelenverkäufer, der Seelenverkäufer!" schrien dann die Kinder und stoben auseinander. Herr Bulemann aber fluchte und schimpfte noch ingrimmiger, bis er endlich schmetternd das Fenster zuschlug und drinnen Graps und Schnores seinen Zorn entgelten ließ.

Um jede Verbindung mit der Nachbarschaft auszuschließen, mußte Frau Anken schon seit geraumer Zeit ihre Wirtschaftseinkäufe in entlegenen Straßen machen. Sie durfte jedoch erst mit dem Eintritt der Dunkelheit ausgehen und mußte dann die Haustür hinter sich verschließen.

Es mochte acht Tage vor Weihnachten sein, als die Alte wiederum eines Abends zu solchem Zwecke das Haus verlassen hatte. Trotz ihrer sonstigen Sorgfalt mußte sie sich indessen diesmal einer Vergessenheit schuldig gemacht haben. Denn als Herr Bulemann eben mit dem Schwefelholz sein Talglicht angezündet hatte, hörte er zu seiner Verwunderung es draußen auf den Stiegen poltern, und als er mit vorgehaltenem Lichte auf den Flur hinaustrat, sah er seine Halbschwester mit einem bleichen Knaben vor sich stehen.

„Wie seid ihr ins Haus gekommen?“ herrschte er sie an, nachdem er sie einen Augenblick erstaunt und ingrimmig angestarrt hatte.

„Die Tür war offen unten“, sagte die Frau schüchtern.

Er murmelte einen Fluch auf seine Wirtschafterin zwischen den Zähnen. „Was willst du?“ fragte er dann.

„Sei doch nicht so hart, Bruder“, bat die Frau, „ich habe sonst nicht den Mut zu dir zu sprechen.“

„Ich wüßte nicht, was du mit mir zu sprechen hättest; du hast dein Teil bekommen, wir sind fertig miteinander.“

Die Schwester stand schweigend vor ihm und suchte vergebens nach dem rechten Worte. – Drinnen wurde wiederholt ein Kratzen an der Stubentür vernehmbar. Als Herr Bulemann zurückgelangt und die Tür geöffnet hatte, sprangen die beiden großen Katzen auf den Flur hinaus und strichen spinnend an dem blassen Knaben herum, der sich furchtsam vor ihnen an die Wand zurückzog. Ihr Herr betrachtete ungeduldig die noch immer schweigend vor ihm stehende Frau. „Nun, wird's bald?“ fragte er.

„Ich wollte dich um etwas bitten, Daniel“, hub sie endlich an. „Dein Vater hat ein paar Jahre vor seinem Tode, da ich in bitterster Not war, ein silbern Becherlein von mir in Pfand genommen.“

„Mein Vater von dir?“ fragte Herr Bulemann.

„Ja, Daniel, dein Vater; der Mann von unser beider Mutter. Hier ist der Pfandschein; er hat mir nicht zuviel darauf gegeben.“

„Weiter!“ sagte Herr Bulemann, der mit raschem Blikke die leeren Hände seiner Schwester gemustert hatte.

„Vor einiger Zeit", fuhr sie zaghaft fort, „träumte mir, ich gehe mit meinem kranken Kinde auf dem Kirchhofe. Als wir an das Grab unserer Mutter kamen, saß sie auf ihrem Grabsteine unter einem Busch voll blühender weißer Rosen. Sie hatte jenen kleinen Becher in der Hand, den ich einst als Kind von ihr geschenkt erhalten; als wir aber näher gekommen waren, setzte sie ihn an die Lippen; und indem sie dem Knaben lächelnd zunickte, hörte ich sie deutlich sagen: ‚Zur Gesundheit!' – Es war ihre sanfte Stimme, Daniel, wie im Leben; und diesen Traum habe ich drei Nächte nacheinander geträumt."

„Was soll das?" fragte Herr Bulemann.

„Gib mir den Becher zurück, Bruder! Das Christfest ist nahe; leg ihn dem kranken Kinde auf seinen leeren Weihnachtsteller!"

Der hagere Mann in seinem gelbgeblümten Schlafrocke stand regungslos vor ihr und betrachtete sie mit seinen grellen runden Augen. „Hast du das Geld bei dir?" fragte er. „Mit Träumen löst man keine Pfänder ein."

„Oh, Daniel!" rief sie, „glaub unserer Mutter! Er wird gesund, wenn er aus dem kleinen Becher trinkt. Sei barmherzig, er ist ja doch von deinem Blute!"

Sie hatte die Hände nach ihm ausgestreckt; aber er trat einen Schritt zurück. „Bleib mir vom Leibe", sagte er. Dann rief er nach seinen Katzen. „Graps, alte Bestie! Schnores, mein Söhnchen!" Und der große gelbe Kater sprang mit einem Satze auf den Arm seines Herrn und klauete mit seinen Krallen in der bunten Zipfelmütze, während das schwarze Tier mauzend an seinen Knien hinaufstrebte.

Der kranke Knabe war näher geschlichen. „Mutter", sagte er, indem er sie heftig an dem Kleide zupfte, „ist das der böse Ohm, der seine schwarzen Kinder verkauft hat?"

Aber in demselben Augenblicke hatte auch Herr Bulemann die Katze herabgeworfen und den Arm des aufschreienden Knaben ergriffen. „Verfluchte Bettelbrut“, rief er, „pfeifst du auch das tolle Lied!“

„Bruder, Bruder!“ jammerte die Frau. – Doch schon lag der Knabe wimmernd drunten auf dem Treppenabsatz. Die Mutter sprang ihm nach und nahm ihn sanft auf ihren Arm; dann aber richtete sie sich hoch auf und den blutenden Kopf des Kindes an ihrer Brust, erhob sie die geballte Faust gegen ihren Bruder, der zwischen seinen spinnenden Katzen droben am Treppengeländer stand: „Verruchter, böser Mann!“ rief sie. „Mögest du verkommen bei deinen Bestien!“

„Fluche, soviel du Lust hast!“ erwiderte der Bruder; „aber mach, daß du aus dem Hause kommst.“

Dann, während das Weib mit dem weinenden Knaben die dunklen Treppen hinabstieg, lockte er seine Katzen und klappte die Stubentür hinter sich zu. – Er bedachte nicht, daß die Flüche der Armen gefährlich sind, wenn die Hartherzigkeit der Reichen sie hervorgerufen hat.

Einige Tage später trat Frau Anken, wie gewöhnlich, mit dem Mittagessen in die Stube ihres Herrn. Aber sie kniff heute noch mehr als sonst mit den dünnen Lippen, und ihre kleinen blöden Augen leuchteten vor Vergnügen. Denn sie hatte die harten Worte nicht vergessen, die sie wegen ihrer Nachlässigkeit an jenem Abende hatte hinnehmen müssen, und sie dachte sie ihm jetzt mit Zinsen wieder heimzuzahlen.

„Habt Ihr’s denn auf St. Magdalenen läuten hören?“ fragte sie.

„Nein“, erwiderte Herr Bulemann kurz, der über seinen Zahlentafeln saß.

„Wißt Ihr denn wohl, wofür es geläutet hat?“ fragte die Alte weiter.

„Dummes Geschwätz! Ich höre nicht nach dem Gebimmel!“

„Es war aber doch für Euren Schwestersohn!“

Herr Bulemann legte die Feder hin. „Was schwatzest du, Alte?“

„Ich sage“, erwiderte sie, „daß sie soeben den kleinen Christoph begraben haben.“

Herr Bulemann schrieb schon wieder weiter. „Warum erzählst du mir das? Was geht mich der Junge an?“

„Nun, ich dachte nur; man erzählt ja wohl, was Neues in der Stadt passiert.“ – –

Als sie gegangen war, legte aber doch Herr Bulemann die Feder wieder fort, und schritt, die Hände auf dem Rücken, eine lange Zeit in seinem Zimmer auf und ab. Wenn unten auf der Gasse ein Geräusch entstand, trat er hastig ans Fenster, als erwarte er schon den Stadtdiener eintreten zu sehen, der ihn wegen der Mißhandlung des Knaben vor den Rat zitieren solle. Der schwarze Graps, der mauzend seinen Anteil an der aufgetragenen Speise verlangte, erhielt einen Fußtritt, daß er schreiend in die Ecke flog. Aber, war es nun der Hunger, oder hatte sich unversehens die sonst so unterwürfige Natur des Tieres verändert, er wandte sich gegen seinen Herrn und fuhr fauchend und prustend auf ihn los. Herr Bulemann gab ihm einen zweiten Fußtritt. „Freßt“, sagte er. „Ihr braucht nicht auf mich zu warten.“

Mit einem Satz waren die beiden Katzen an der vollen Schüssel, die er ihnen auf den Fußboden gesetzt hatte.

Dann aber geschah etwas Seltsames.

Als der gelbe Schnores, der zuerst seine Mahlzeit beendet hatte, nun in der Mitte des Zimmers stand, sich reckte und buckelte, blieb Herr Bulemann plötzlich vor ihm stehen; dann ging er um das Tier herum und betrachtete es von allen Seiten. „Schnores, alter Halunke, was ist denn das?“ sagte er, den Kopf des Katers krauend. „Du bist ja noch gewachsen in deinen alten Tagen!“ – In diesem Augenblicke war auch die andere Katze hinzugesprungen. Sie sträubte ihren glänzenden Pelz und stand dann hoch auf ihren schwarzen Beinen. Herr Bulemann schob die bunte Zipfelmütze aus der Stirn. „Auch der!“ murmelte er. „Seltsam, es muß in der Sorte liegen.“

Es war indes dämmerig geworden, und, da niemand kam und ihn beunruhigte, so setzte er sich zu den Schüsseln, die auf dem Tische standen. Endlich begann er sogar seine großen Katzen, die neben ihm auf dem Kanapee saßen, mit einem gewissen Behagen zu beschauen. „Ein paar stattliche Burschen seid ihr!“ sagte er, ihnen zunickend. „Nun soll euch das alte Weib unten auch die Ratten nicht mehr vergiften!“ – Als er aber abends nebenan in seine Schlafkammer ging, ließ er sie nicht, wie sonst, zu sich herein; und als er sie nachts mit den Pfoten gegen die Kammertür fallen und mauzend daran herunterrutschen hörte, zog er sich das Deckbett über beide Ohren und dachte: „Mauzt nur zu, ich habe eure Krallen gesehen.“

Dann kam der andere Tag, und als es Mittag geworden, geschah dasselbe, was tags zuvor geschehen war. Von der geleerten Schüssel sprangen die Katzen mit einem schweren Satz mitten ins Zimmer hinein, reckten und streckten sich; und als Herr Bulemann, der schon wieder über seinen Zahlentafeln saß, einen Blick zu ihnen hinüberwarf, stieß er entsetzt seinen Drehstuhl zurück und blieb mit ausgerecktem Halse stehen. Dort mit leisem Winseln, als wenn ihnen ein Widriges angetan würde, standen Graps und Schnores zitternd mit geringelten Schwänzen, das Haar gesträubt; er sah es deutlich, sie dehnten sich, sie wurden groß und größer.

Noch einen Augenblick stand er, die Hände an den Tisch geklammert; dann plötzlich schritt er an den Tieren vorbei und riß die Stubentür auf. „Frau Anken, Frau Anken!“ rief er, und da sie nicht gleich zu hören schien, tat er einen Pfiff auf seinen Fingern, und bald schlurrte auch die Alte unten aus dem Hinterhause hervor und keuchte eine Treppe nach der andern herauf.

„Sehe Sie sich einmal die Katzen an!“ rief er, als sie ins Zimmer getreten war.

„Die hab ich schon oft gesehen, Herr Bulemann.“

„Sieht Sie daran denn nichts?“

„Daß ich nicht wüßte, Herr Bulemann!“ erwiderte sie, mit ihren blöden Augen um sich blinzelnd.

„Was sind denn das für Tiere? Das sind ja gar keine Katzen mehr!“ – Er packte die Alte an den Armen und rannte sie gegen die Wand. „Rotäugige Hexe“, schrie er, „bekenne, was hast du meinen Katzen eingebraut!“

Das Weib klammerte ihre knöchernen Hände ineinander und begann unverständliche Gebete herzuplappern. Aber die furchtbaren Katzen sprangen von rechts und links auf die Schultern ihres Herrn und leckten ihn mit ihren scharfen Zungen ins Gesicht. Da mußte er die Alte loslassen.

Fortwährend plappernd und hüstelnd schlich sie aus dem Zimmer und kroch die Treppen hinab. Sie war wie verwirrt; sie fürchtete sich, ob mehr vor ihrem Herrn oder vor den großen Katzen, das wußte sie selber nicht. So kam sie hinten in ihre Kammer. Mit zitternden Händen holte sie einen mit Geld gefüllten wollenen Strumpf aus ihrem Bette hervor; dann nahm sie aus einer Lade eine Anzahl alter Röcke und Lumpen und wickelte sie um ihren Schatz herum, so daß es endlich ein großes Bündel gab. Denn sie wollte fort, um jeden Preis fort; sie dachte an die arme Halbschwester ihres Herrn draußen in der Vorstadt; die war immer freundlich gegen sie gewesen, zu der wollte sie. Freilich, es war ein weiter Weg, durch viele Gassen, über viele schmale und lange Brücken, welche über dunkele Gräben und Fleten hinwegführten, und draußen dämmerte schon der Winterabend. Es trieb sie dennoch fort. Ohne an ihre Tausende von Weizenbrötchen zu denken, die sie in kindischer Fürsorge in den großen Nußbaumschränken aufgehäuft hatte, trat sie mit ihrem schweren Bündel auf dem Nacken aus dem

Hause. Sorgfältig mit dem großen krausen Schlüssel verschloß sie die schwere eichene Tür, steckte ihn in ihre Ledertasche und ging dann keuchend in die finstere Stadt hinaus. – – –

Frau Anken ist niemals wiedergekommenen, und die Tür von Bulemanns Haus ist niemals wieder aufgeschlossen worden.

Noch an demselben Tage aber, da sie fortgegangen, hat ein junger Taugenichts, der den Knecht Ruprecht spielend in den Häusern umherlief, mit Lachen seinen Kameraden erzählt, da er in seinem rauhen Pelze über die Kreszentiusbrücke gegangen sei, habe er ein altes Weib dermaßen erschreckt, daß sie mit ihrem Bündel wie toll in das schwarze Wasser hinabgesprungen sei. – Auch ist in der Frühe des andern Tages in der äußersten Vorstadt die Leiche eines alten Weibes, welche an einem großen Bündel festgebunden war, von den Wächtern aufgefischt und bald darauf, da niemand sie gekannt hat, auf dem Armenviertel des dortigen Kirchhofs in einem platten Sarge eingegraben worden.

Dieser andere Morgen war der Morgen des Weihnachtabends. – Herr Bulemann hatte eine schlechte Nacht gehabt; das Kratzen und Arbeiten der Tiere gegen seine Kammertür hatte ihm diesmal keine Ruhe gelassen; erst gegen die Morgendämmerung war er in einen langen bleiernen Schlaf gefallen. Als er endlich seinen Kopf mit der Zipfelmütze in das Wohnzimmer hineinsteckte, sah er die beiden Katzen laut schnurrend mit unruhigen Schritten umeinander hergehen. Es war schon nach Mittag; die Wanduhr zeigte auf eins. „Sie werden Hunger haben, die Bestien“, murmelte er. Dann öffnete er die Tür nach dem Flur und pfiff nach der Alten. Zugleich aber drängten die Katzen sich hinaus und rannten die Treppe hinab, und bald hörte er von unten aus der Küche herauf Springen und Tellergeklapper. Sie mußten auf den Schrank gesprungen sein, auf den Frau Anken die Speisen für den andern Tag zurückzusetzen pflegte.

Herr Bulemann stand oben an der Treppe und rief laut und scheltend nach der Alten: aber nur das Schweigen antwortete ihm oder von unten herauf aus den Winkeln des alten Hauses ein schwacher Widerhall. Schon schlug er die Schöße seines geblümten Schlafrocks übereinander und wollte selbst hinabsteigen, da polterte es drunten auf den Stiegen und die beiden Katzen kamen wieder heraufgerannt. Aber das waren keine Katzen mehr, das waren zwei furchtbare namenlose Raubtiere. Die stellten sich gegen ihn, sahen ihn mit ihren glimmenden Augen an und stießen ein heiseres Geheul aus. Er wollte an ihnen vorbei, aber ein Schlag mit der Tatze, der ihm einen Fetzen aus dem Schlafrock riß, trieb ihn zurück. Er lief ins Zimmer; er wollte ein Fenster aufreißen, um die Menschen auf der Gasse anzurufen; aber die Katzen sprangen hintendrein und kamen ihm zuvor. Grimmig schnurrend, mit erhobenem Schweif, wanderten sie vor den Fenstern auf und ab. Herr Bulemann rannte auf den Flur hinaus und warf die Zimmertür hinter sich zu, aber die Katzen schlugen mit der Tatze auf die Klinke und standen schon vor ihm an der Treppe. – Wieder floh er ins Zimmer zurück, und wieder waren die Katzen da.

Schon verschwand der Tag, und die Dunkelheit kroch in alle Ecken. Tief unten von der Gasse herauf hörte er Gesang, Knaben und Mädchen zogen von Haus zu Haus und sangen Weihnachtslieder. Sie gingen in alle Türen; er stand und horchte. Kam denn niemand in seine Tür? – – Aber er wußte es ja, er hatte sie selber alle fortgetrieben; es klopfte niemand, es rüttelte niemand an der verschlossenen Haustür. Sie zogen vorüber; und allmählich ward es still, totenstill auf der Gasse. Und wieder suchte er zu entrinnen; er wollte Gewalt anwenden; er rang mit den Tieren, er ließ sich Gesicht und Hände blutig reißen. Dann wieder wandte er sich zur List; er rief sie mit den alten Schmeichelnamen, er strich ihnen die Funken aus dem Pelz und wagte es sogar, ihren flachen Kopf mit den großen weißen Zähnen zu kraulen. Sie warfen sich auch vor ihm hin und wälzten sich schnurrend zu seinen Füßen; aber wenn er den rechten Augenblick gekommen glaubte und aus der Tür schlüpfte, so sprangen sie auf und standen, ihr heiseres Geheul ausstoßend, vor ihm. – So verging die Nacht, so kam der Tag und noch immer rannte er zwischen der Treppe und den Fenstern seines Zimmers hin und wider, die Hände ringend, keuchend, das graue Haar zerzaust.

Und noch zweimal wechselten Tag und Nacht; da endlich warf er sich gänzlich erschöpft, an allen Gliedern zuckend, auf das Kanapee. Die Katzen setzten sich ihm gegenüber und blinzelten ihn schläfrig aus halbgeschlossenen Augen an. Allmählich wurde das Arbeiten seines Leibes weniger und endlich hörte es ganz auf. Eine fahle Blässe überzog unter den Stoppeln des grauen Bartes sein Gesicht; noch einmal aufseufzend streckte er den Arm und spreizte die langen Finger über die Knie; dann regte er sich nicht mehr.

Unten in den öden Räumen war es indessen nicht ruhig gewesen. Draußen an der Tür des Hinterhauses, die auf den engen Hof hinausführt, geschah ein emsiges Nagen und Fressen. Endlich entstand über der Schwelle eine Öffnung, die größer und größer wurde; ein grauer Mauskopf drängte sich hindurch, dann noch einer, und bald huschte eine ganze Schar von Mäusen über den Flur und die Treppe hinauf in den ersten Stock. Hier begann das Arbeiten aufs neue an der Zimmertür, und als diese durchgenagt war, kamen die großen Schränke daran, in denen Frau Ankens hinterlassene Schätze aufgespeichert lagen. Da war ein Leben wie im Schlaraffenland; wer durch wollte, mußte sich durchfressen. Und das

Geziefer füllte sich den Wanst; und wenn es mit dem Fressen nicht mehr fort wollte, rollte es die Schwänze auf und hielt sein Schläfchen in den hohlgefressenen Weizenbrötchen. Nachts kamen sie hervor, huschten über die Dielen oder saßen, ihre Pfötchen leckend, vor dem Fenster und schauten, wenn der Mond schien, mit ihren kleinen blanken Augen in die Gasse hinab.

Aber diese behagliche Wirtschaft sollte bald ihr Ende erreichen. In der dritten Nacht, als eben droben Herr Bulemann seine Augen zugetan hatte, polterte es draußen auf den Stiegen. Die großen Katzen kamen herabgesprungen, öffneten mit einem Schlag ihrer Tatze die Tür des Zimmers und begannen ihre Jagd. Da hatte alle Herrlichkeit ein Ende. Quieksend und pfeifend rannten die fetten Mäuse umher und strebten ratlos an den Wänden hinauf. Es war vergebens; sie verstummten eine nach der anderen zwischen den zermalmenden Zähnen der beiden Raubtiere. Dann wurde es still, und bald war in dem ganzen Hause nichts vernehmbar, als das leise Spinnen der großen Katzen, die mit ausgestreckten Tatzen droben vor dem Zimmer ihres Herrn lagen und sich das Blut aus den Bärten leckten.

Unten in der Haustür verrostete das Schloß, den Messingklopfer überzog Grünspan, und zwischen den Treppensteinen begann Gras zu wachsen.

Draußen aber ging die Welt unbekümmert ihren Gang. – Als der Sommer gekommen war, stand auf dem St. Magdalenenkirchhof auf dem Grabe des kleinen Christoph ein blühender weißer Rosenbusch; und bald lag auch ein kleiner Denkstein unter demselben. Den Rosenbusch hatte seine Mutter ihm gepflanzt; den Stein freilich hatte sie nicht beschaffen können. Aber Christoph hatte einen Freund gehabt; es war ein junger Musikus; der Sohn eines Trödlers, der in dem Hause ihnen gegenüber wohnte. Zuerst hatte er sich unter sein Fenster geschlichen, wenn der Musiker drinnen am Klavier saß; später hatte dieser ihn zuweilen in die Magdalenenkirche genommen, wo er sich nachmittags im Orgelspiel zu üben pflegte. – Da saß denn der blasse Knabe auf einem Schemelchen zu seinen Füßen, lehnte lauschend den Kopf an die Orgelbank und sah wie die Sonnenlichter durch die Kirchenfenster spielten. Wenn der junge Musikus dann, von der Verarbeitung seines Themas fortgerissen, die tiefen mächtigen Register durch die Gewölbe brausen ließ, oder wenn er mitunter den Tremulanten zog und die Töne wie zitternd vor der Majestät Gottes dahinfluteten, so konnte es wohl geschehen, daß der Knabe in stilles Schluchzen ausbrach und sein Freund ihn nur schwer zu beruhigen vermochte. Einmal auch sagte er bittend: „Es tut mir weh, Leberecht; spiele nicht so laut."

Der Orgelspieler schob auch sogleich die großen Register wieder ein und nahm die Flöten- und andere sanfte Stimmen; und süß und ergreifend schwoll das Lieblingslied des Knaben durch die stille Kirche: „Befiehl du deine Wege." – Leise mit seiner kränklichen Stimme hub er an mitzusingen. „Ich will auch spielen lernen", sagte er, als die Orgel schwieg, „willst du mich es lehren, Leberecht?"

Der junge Musikus ließ seine Hand auf den Kopf des Knaben fallen, und ihm das gelbe Haar streichelnd erwiderte er: „Werde nur erst recht gesund, Christoph; dann will ich dich es gern lehren."

Aber Christoph war nicht gesund geworden. – Seinem kleinen Sarge folgte neben der Mutter auch der junge Orgelspieler. Sie sprachen hier zum erstenmal zusammen; und die Mutter erzählte ihm jenen dreimal geträumten Traum von dem kleinen silbernen Erbbecher.

„Den Becher", sagte Leberecht, „hätte ich Euch geben können; mein Vater, der ihn vor Jahren mit vielen andern Dingen von Eurem Bruder erhandelte, hat mir das zierliche Stück als Weihnachtsgeschenk gegeben."

Die Frau brach in die bittersten Klagen aus. „Ach“, rief sie immer wieder, „er wäre ja gewiß gesund geworden!“ Der junge Mann ging eine Weile schweigend neben ihr her. „Den Becher soll unser Christoph dennoch haben“, sagte er endlich.

Und so geschah es. Nach einigen Tagen hatte er den Becher an einen Sammler solcher Pretiosen um einen guten Preis verhandelt; von dem Gelde aber ließ er den Denkstein für das Grab des kleinen Christoph machen. Er ließ eine Marmortafel darin einlegen, auf welcher das Bild des Bechers ausgemeißelt wurde. Darunter standen die Worte eingegraben: „Zur Gesundheit!“ –

Noch viele Jahre hindurch, mochte der Schnee auf dem Grabe liegen oder mochte in der Junisonne der Busch mit Rosen überschüttet sein, kam oft eine blasse Frau und las andächtig und sinnend die beiden Worte auf dem Grabstein. – Dann eines Sommers ist sie nicht mehr gekommen; aber die Welt ging unbekümmert ihren Gang.

Nur noch einmal, nach vielen Jahren, hat ein sehr alter Mann das Grab besucht, er hat sich den kleinen Denkstein angesehen und eine weiße Rose von dem alten Rosenbusch gebrochen.

Das ist der emeritierte Organist von St. Magdalenen gewesen.

Aber wir müssen das friedliche Kindergrab verlassen und, wenn der Bericht zu Ende geführt werden soll, drüben in der Stadt noch einen Blick in das alte Erkerhaus der Düsternstraße werfen. – Noch immer stand es schweigend und verschlossen. Während draußen das Leben unablässig daran vorüberflutete, wucherte drinnen in den eingelassenen Räumen der Schwamm aus den Dielenritzen, löste sich der Gips an den Decken und stürzte herab, in einsamen Nächten ein unheimliches Echo über Flur und Stiege jagend. Die Kinder, welche an jenem Christabend auf der Straße gesungen hatten, wohnten jetzt als alte Leute in den Häusern, oder sie hatten ihr Leben schon abgetan und waren gestorben; die Menschen, die jetzt auf der Gasse gingen, trugen andere Gewänder, und draußen auf dem Vorstadtkirchhof war der schwarze Nummerpfahl auf Frau Ankens namenlosem Grabe schon längst verfault. Da schien eines Nachts wieder einmal, wie schon so oft, über das Nachbarhaus hinweg der Vollmond in das Erkerfenster des dritten Stockwerks und malte mit seinem bläulichen Lichte die kleinen runden Scheiben auf den Fußboden. Das Zimmer war leer; nur auf dem Kanapee zusammengekauert saß eine kleine Gestalt von der Größe eines jährigen Kindes; aber das Gesicht war alt und bärtig und die magere Nase unverhältnismäßig groß; auch trug sie eine weit über die Ohren fallende Zipfelmütze und einen langen, augenscheinlich für einen ausgewachsenen Mann bestimmten Schlafrock, auf dessen Schoß sie die Füße heraufgezogen hatte.

Diese Gestalt war Herr Bulemann. – Der Hunger hatte ihn nicht getötet, aber durch den Mangel an Nahrung war sein Leib verdorrt und eingeschwunden, und so war er im Lauf der Jahre kleiner und kleiner geworden. Mitunter in Vollmondnächten, wie diese, war er erwacht und hatte, wenn auch mit immer schwächerer Kraft, seinen Wächtern zu entrinnen gesucht. War er von den vergeblichen Anstrengungen erschöpft aufs Kanapee gesunken, oder zuletzt hinaufgekrochen, und hatte dann der bleierne Schlaf ihn wieder befallen, so streckten Graps und Schnores sich draußen vor der Treppe hin, peitschten mit ihrem Schweif den Boden und horchten, ob Frau Ankens Schätze neue Wanderzüge von Mäusen in das Haus gelockt hätten.

Heute war es anders, die Katzen waren weder im Zimmer noch draußen auf dem Flur. Als das durch das Fenster fallende Mondlicht über den Fußboden weg und allmählich an der kleinen Gestalt hinaufrückte, begann sie sich zu regen; die großen runden Augen öffneten sich, und Herr Bulemann starrte in das leere Zimmer hinaus. Nach einer Weile rutschte er, die langen Ärmel mühsam zurückschlagend, von dem Kanapee herab und schritt langsam der Tür zu, während die breite Schleppe des Schlafrocks hinter ihm herfegte. Auf den Fußspitzen nach der Klinke greifend, gelang es ihm, die Stubentür zu öffnen und draußen bis an das Geländer der Treppe vorzuschreiten. Eine Weile blieb er keuchend stehen; dann streckte er den Kopf vor und mühte sich zu rufen: „Frau Anken, Frau Anken!" Aber seine Stimme war nur wie das Wispern eines kranken Kindes. „Frau Anken, mich hungert; so höre Sie doch!"

Alles blieb still; nur die Mäuse quieksten jetzt heftig in den unteren Zimmern.

Da wurde er zornig: „Hexe, verfluchte, was pfeift Sie denn?" Und ein Schwall unverständlich geflüsterter Schimpfworte sprudelte aus seinem Munde, bis ein Stickhusten ihn befiel und seine Zunge lähmte.

Draußen, unten an der Haustür, wurde der schwere Messingklopfer angeschlagen, daß der Hall bis in die Spitze des Hauses hinaufdrang. Es mochte jener nächtliche Geselle sein, von dem im Anfang dieser Geschichte die Rede gewesen ist.

Herr Bulemann hatte sich wieder erholt. „So öffne Sie doch!" wisperte er; „es ist der Knabe, der Christoph; er will den Becher holen."

Plötzlich wurden von unten herauf zwischen dem Pfeifen der Mäuse die Sprünge und das Knurren der beiden großen Katzen vernehmbar. Er schien sich zu besinnen; zum erstenmal bei seinem Erwachen hatten sie das oberste Stockwerk verlassen und ließen ihn gewähren. – Hastig, den langen Schlafrock nach sich schleppend, stapfte er in das Zimmer zurück.

Draußen aus der Tiefe der Gasse hörte er den Wächter rufen. „Ein Mensch, ein Mensch!“ murmelte er; „die Nacht ist so lang, so vielmal bin ich aufgewacht, und noch immer scheint der Mond.“

Er kletterte auf den Polsterstuhl, der in dem Erkerfenster stand. Emsig arbeitete er mit den kleinen dürren Händen an dem Fensterhaken; denn drunten auf der mondhellen Gasse hatte er den Wächter stehen sehen. Aber die Haspen waren festgerostet; er mühte sich vergebens sie zu öffnen. Da sah er den Mann, der eine Weile hinaufgestarrt hatte, in den Schatten der Häuser zurücktreten.

Ein schwacher Schrei brach aus seinem Munde; zitternd mit geballten Fäusten schlug er gegen die Fensterscheiben; aber seine Kraft reichte nicht aus, sie zu zertrümmern. Nun begann er Bitten und Versprechungen durcheinander zu wispern; allmählich, während die Gestalt des untengehenden Mannes sich immer mehr entfernte, wurde sein Flüstern zu einem erstickten heisern Gekrächze; er wollte seine Schätze mit ihm teilen; wenn er nur hören wollte, er sollte alles haben, er selber wollte nichts, gar nichts für sich behalten nur den Becher, der sei das Eigentum des kleinen Christoph.

Aber der Mann ging unten unbekümmert seinen Gang und bald war er in einer Nebengasse verschwunden. – Von allen Worten, die Herr Bulemann in jener Nacht gesprochen, ist keines von einer Menschenseele gehört worden.

Endlich nach aller vergeblichen Anstrengung kauerte sich die kleine Gestalt auf dem Polsterstuhl zusammen, rückte die Zipfelmütze zurecht und schaute, unverständliche Worte murmelnd, in den leeren Nachthimmel hinauf.

So sitzt er noch jetzt und erwartet die Barmherzigkeit Gottes.

Die Regentrude

Einen so heißen Sommer, wie nun vor hundert Jahren, hat es seitdem nicht wieder gegeben. Kein Grün fast war zu sehen; zahmes und wildes Getier lag verschmachtet auf den Feldern.

Es war an einem Vormittag. Die Dorfstraßen standen leer; was nur konnte, war ins Innerste der Häuser geflüchtet; selbst die Dorfkläffer hatten sich verkrochen. Nur der dicke Wiesenbauer stand breitspurig in der Torfahrt seines stattlichen Hauses und rauchte im Schweiße seines Angesichts aus seinem großen Meerschaumkopfe. Dabei schaute er schmunzelnd einem mächtigen Fuder Heu entgegen, das eben von seinen Knechten auf die Diele gefahren wurde. – Er hatte vor Jahren eine bedeutende Fläche sumpfigen Wiesenlandes um geringen Preis erworben, und die letzten dürren Jahre, welche auf den Feldern seiner Nachbarn das Gras versengten, hatten ihm die Scheuern mit duftendem Heu und den Kasten mit blanken Krontalern gefüllt.

So stand er auch jetzt und rechnete, was bei den immer steigenden Preisen der Überschuß der Ernte für ihn einbringen könne. „Sie kriegen alle nichts", murmelte er, indem er die Augen mit der Hand beschattete und zwischen den Nachbarsgehöften hindurch in die flimmernde Ferne schaute; „es gibt gar keinen Regen mehr in der Welt." Dann ging er an den Wagen, der eben abgeladen wurde; er zupfte eine Handvoll Heu heraus, führte es an seine breite Nase und lächelte so verschmitzt, als wenn er aus dem kräftigen Duft noch einige Krontaler mehr herausriechen könne.

In demselben Augenblicke war eine etwa fünfzigjährige Frau ins Haus getreten. Sie sah blaß und leidend aus, und bei dem schwarzseidenen Tuche, das sie um den Hals gesteckt trug, trat der bekümmerte Ausdruck ihres Gesichtes nur noch mehr hervor. „Guten Tag, Nachbar“, sagte sie, indem sie dem Wiesenbauer die Hand reichte, „ist das eine Glut; die Haare brennen einem auf dem Kopfe!“

„Laß brennen, Mutter Stine, laß brennen!“ erwiderte er, „seht nur das Fuder Heu an! Mir kann’s nicht zu schlimm werden!“

„Ja, ja, Wiesenbauer, Ihr könnt schon lachen; aber was soll aus uns andern werden, wenn das so fortgeht!“

Der Bauer drückte mit dem Daumen die Asche in seinen Pfeifenkopf und stieß ein paar mächtige Dampfwolken in die Luft. „Seht Ihr“, sagte er, „das kommt von der Überklugheit. Ich hab’s ihm immer gesagt; aber Euer Seliger hat’s alleweg besser verstehen wollen. Warum mußte er all sein Tiefland vertauschen! Nun sitzt Ihr da mit den hohen Feldern, wo Eure Saat verdorrt und Euer Vieh verschmachtet.“

Die Frau seufzte.

Der dicke Mann wurde plötzlich herablassend. „Aber Mutter Stine“, sagte er, „ich merke schon, Ihr seid nicht von ungefähr hiehergekommen; schießt nur immer los, was Ihr auf dem Herzen habt!“

Die Witwe blickte zu Boden. „Ihr wißt wohl“, sagte sie, „die funfzig Taler, die Ihr mir geliehen, ich soll sie auf Johanni zurückzahlen und der Termin ist vor der Tür.“

Der Bauer legte seine fleischige Hand auf ihre Schulter. „Nun macht Euch keine Sorge, Frau! Ich brauche das Geld nicht; ich bin nicht der Mann, der aus der Hand in den Mund lebt. Ihr könnt mir Eure Grundstücke dafür zum Pfande einsetzen; sie sind zwar nicht von den besten, aber mir sollen sie diesmal gut genug sein. Auf den Sonnabend könnt Ihr mit mir zum Gerichtshalter fahren.“

Die bekümmerte Frau atmete auf. „Es macht zwar wieder Kosten“, sagte sie, „aber ich danke Euch doch dafür.“

Der Wiesenbauer hatte seine kleinen klugen Augen nicht von ihr gelassen. „Und“, fuhr er fort, „weil wir hier einmal beisammen sind, so will ich Euch auch sagen, der Andrees, Euer Junge, geht nach meiner Tochter!“

„Du lieber Gott, Nachbar, die Kinder sind ja miteinander aufgewachsen!“

„Das mag sein, Frau; wenn aber der Bursche meint, er könne sich hier in die volle Wirtschaft einfreien, so hat er seine Rechnung ohne mich gemacht!“

Die schwache Frau richtete sich ein wenig auf und sah ihn mit fast zürnenden Augen an. „Was habt Ihr denn an meinem Andrees auszusetzen?“ fragte sie.

„Ich an Eurem Andrees, Frau Stine? – Auf der Welt gar nichts! Aber“ – und er strich sich mit der Hand über die silbernen Knöpfe seiner roten Weste – „meine Tochter ist eben meine Tochter und des Wiesenbauers Tochter kann es besser belaufen.“

„Trotzt nicht zu sehr, Wiesenbauer!“ sagte die Frau milde, „ehe die heißen Jahre kamen –!“

„Aber sie sind gekommen und sind noch immer da, und auch für dies Jahr ist keine Aussicht, daß Ihr eine Ernte in die Scheuer bekommt. Und so geht’s mit Eurer Wirtschaft immer weiter rückwärts.“

Die Frau war in tiefes Sinnen versunken; sie schien die letzten Worte kaum gehört zu haben. „Ja“, sagte sie, „Ihr mögt leider recht behalten, die Regentrude muß eingeschlafen sein; aber sie kann geweckt werden!“

„Die Regentrude?“ wiederholte der Bauer hart. „Glaubt Ihr auch an das Gefasel?“

„Kein Gefasel, Nachbar!“ erwiderte sie geheimnisvoll. „Meine Urahne, da sie jung gewesen, hat sie selber einmal aufgeweckt. Sie wußte auch das Sprüchlein noch und hat es mir öfters vorgesagt; aber ich habe es seither längst vergessen.“

Der dicke Mann lachte, daß ihm die silbernen Knöpfe auf seinem Bauche tanzten. „Nun, Mutter Stine, so setzt

Euch hin und besinnt Euch auf Euer Sprüchlein. Ich verlasse mich auf mein Wetterglas und das steht seit acht Wochen auf beständig Schön!"

„Das Wetterglas ist ein totes Ding, Nachbar; das kann doch nicht das Wetter machen!"

„Und Eure Regentrude ist ein Spukeding, ein Hirngespinst, ein Garnichts!"

„Nun, Wiesenbauer", sagte die Frau schüchtern, „Ihr seid einmal einer von den Neugläubigen!"

Aber der Mann wurde immer eifriger. „Neu- oder altgläubig!" rief er, „geht hin und sucht Eure Regenfrau und sprecht Euer Sprüchlein, wenn Ihr's noch beisammmenkriegt! Und wenn Ihr binnen heut und vierundzwanzig Stunden Regen schafft, dann –!" Er hielt inne und paffte ein paar dicke Rauchwolken vor sich hin.

„Was dann, Nachbar?" fragte die Frau.

„Dann – – dann, – zum Teufel, ja, dann soll Euer Andrees meine Maren freien!"

In diesem Augenblick öffnete sich die Tür des Wohnzimmers und ein schönes schlankes Mädchen mit rehbraunen Augen trat zu ihnen auf die Durchfahrt hinaus. „Topp, Vater!" rief sie, „das soll gelten!" Und zu einem ältlichen Mann gewandt, der eben von der Straße her ins Haus trat, fügte sie hinzu: „Ihr habt's gehört, Vetter Schulze!"

„Nun Maren", sagte der Wiesenbauer, „du brauchst keine Zeugen gegen deinen Vater aufzurufen; von meinem Wort da beißt dir keine Maus auch nur ein Titelchen ab."

Der Schulze schaute indes, auf seinen langen Stock gestützt, eine Weile in den freien Tag hinaus; und hatte nun sein schärferes Auge in der Tiefe des glühenden Himmels ein weißes Pünktchen schwimmen sehen oder wünschte er es nur und glaubte, es deshalb gesehen zu haben, aber er lächelte hinterhaltig und sagte: „Mög's Euch bekommen, Vetter Wiesenbauer, der Andrees ist allewege ein tüchtiger Bursch!"

Bald darauf, während der Wiesenbauer und der Schulze in dem Wohnzimmer des ersteren über allerlei Rechnungen beisammensaßen, trat Maren an der andern Seite der Dorfstraße mit Mutter Stine in deren Stübchen.

„Aber Kind", sagte die Witwe, indem sie ihr Spinnrad aus der Ecke holte, „weißt du denn das Sprüchlein für die Regenfrau?"

„Ich?" fragte das Mädchen, indem sie erstaunt den Kopf zurückwarf.

„Nun, ich dachte nur, weil du so keck dem Vater vor die Füße tratst."

„Nicht doch, Mutter Stine, mir war nur so ums Herz, und ich dachte auch, Ihr selber würdet's wohl noch beisammen bekommen. Räumt nur ein bissel auf in Eurem Kopfe; es muß ja noch irgendwo verkramet liegen!"

Frau Stine schüttelte den Kopf. „Die Urahne ist mir früh gestorben. Das aber weiß ich noch wohl, wenn wir damals große Dürre hatten, wie eben jetzt, und uns dabei mit der Saat oder dem Viehzeug Unheil zuschlug, dann pflegte sie wohl ganz heimlich zu sagen: ‚Das tut der Feuermann uns zum Schabernack, weil ich einmal die Regenfrau geweckt habe!'"

„Der Feuermann?" fragte das Mädchen, „wer ist denn das nun wieder?" Aber ehe sie noch eine Antwort erhalten konnte, war sie schon ans Fenster gesprungen und rief: „Um Gott, Mutter, da kommt der Andrees; seht nur, wie verstürzt er aussieht!"

Die Witwe erhob sich von ihrem Spinnrade: „Freilich Kind", sagte sie niedergeschlagen, „siehst du denn nicht, was er auf dem Rücken trägt? Da ist schon wieder eins von den Schafen verdurstet."

Bald darauf trat der junge Bauer ins Zimmer und legte das Tier vor den Frauen auf den Estrich. „Da habt ihr's!" sagte er finster, indem er sich mit der Hand den Schweiß von der heißen Stirn strich.

Die Frauen sahen mehr in sein Gesicht als auf die tote Kreatur. „Nimm dir's nicht so zu Herzen, Andrees!" sagte Maren. „wir wollen die Regenfrau wecken und dann wird alles wieder gut werden."

„Die Regenfrau!" wiederholte er tonlos. „Ja Maren, wer die wecken könnte! – Es ist aber auch nicht wegen dem allein; es ist mir etwas widerfahren draußen." –

Die Mutter faßte zärtlich seine Hand. „So sag es von dir, mein Sohn", ermahnte sie, „damit es dich nicht siech mache!"

„So hört denn!" erwiderte er. – „Ich wollte nach unsern Schafen sehen und ob das Wasser, das ich gestern abend für sie hinaufgetragen, noch nicht verdunstet sei. Als ich aber auf den Weideplatz kam, sah ich sogleich, daß es dort nicht seine Richtigkeit habe; der Wasserzuber war nicht mehr, wo ich ihn hingestellt, und auch die Schafe waren nicht zu sehen. Um sie zu suchen, ging ich den Rain hinab bis an den Riesenhügel. Als ich auf die andere Seite kam, da sah ich sie alle liegend, keuchend, die Hälse lang auf die Erde gestreckt; die arme Kreatur hier war schon krepiert. Daneben lag der Zuber umgestürzt und schon gänzlich ausgetrocknet. Die Tiere konnten das nicht getan haben; hier mußte eine böswillige Hand im Spiele sein!"

„Kind, Kind!" unterbrach ihn die Mutter, „wer sollte einer armen Witwe Leides zufügen!"

„Hört nur zu, Mutter, es kommt noch weiter. Ich stieg auf den Hügel und sah nach allen Seiten über die Ebene hin; aber kein Mensch war zu sehen, die sengende Glut lag wie alle Tage lautlos über den Feldern. Nur neben mir auf einem der großen Steine, zwischen denen das Zwergenloch in den Hügel hinabgeht, saß ein dicker Molch und sonnte seinen häßlichen Leib. Als ich noch so halb ratlos, halb ingrimmig um mich her starrte, hörte ich auf einmal hinter mir von der andern Seite des Hügels her ein Gemurmel, wie wenn einer eifrig mit sich selber redet, und als ich mich umwende, sehe ich ein knorpsiges Männlein im feuerroten Rock und roter Zipfelmütze unten zwischen dem Heidekraute auf und ab stapfen. – Ich erschrak mich, denn wo war es plötzlich hergekommen! – Auch sah es gar so arg und mißgeschaffen aus. Die großen braunroten Hände hatte es auf dem Rücken gefaltet und dabei spielten die krummen Finger wie Spinnenbeine in der Luft. – Ich war hinter den Dornbusch getreten, der neben den Steinen aus dem Hügel wächst, und konnte von hier aus alles sehen, ohne selbst bemerkt zu werden. Das Unding drunten war noch immer in Bewegung; es bückte sich und riß ein Bündel versengten Grases aus dem Boden, daß ich glaubte, es müsse mit seinem Kürbiskopf vornüber schießen; aber es stand schon wieder auf seinen Spindelbeinen und, indem es das dürre Kraut zwischen seinen großen Fäusten zu Pulver rieb, begann es so entsetzlich zu lachen, daß auf der andern Seite des Hügels die halbtoten Schafe aufsprangen und in wilder Flucht an dem Rain hinunterjagten. Das Männlein aber lachte noch gellender, und dabei begann es von einem Bein aufs andere zu springen, daß ich fürchtete, die dünnen Stäbchen müßten unter seinem klumpigen Leibe zusammenbrechen. Es war grausenvoll anzusehen, denn es funkte ihm dabei ordentlich aus seinen kleinen schwarzen Augen."

Die Witwe hatte leise des Mädchens Hand gefaßt.

„Weißt du nun, wer der Feuermann ist!" sagte sie. Maren nickte.

„Das Allergrausenhafteste aber", fuhr Andrees fort, „war seine Stimme. ‚Wenn sie es wüßten, wenn sie es wüßten!' schrie er ‚die Flegel, die Bauerntölpel!' Und dann sang er mit seiner schnarrenden, quäkenden Stimme ein seltsames Sprüchlein; immer von vorn nach hinten, als könne er sich gar daran nicht ersättigen. Wartet nur, ich bekomm's wohl noch beisammen!"

Und nach einigen Augenblicken fuhr er fort:

„Dunst ist die Welle,
Staub ist die Quelle!“

Die Mutter ließ plötzlich ihr Spinnrad stehen, das sie während der Erzählung eifrig gedreht hatte, und sah ihren Sohn mit gespannten Augen an. Der aber schwieg wieder und schien sich zu besinnen.

„Weiter!“ sagte sie leise.

„Ich weiß nicht weiter, Mutter; es ist fort und ich hab’s mir unterwegs doch wohl hundertmal vorgesagt.“

Als aber Frau Stine mit unsicherer Stimme selbst fortfuhr:

„Stumm sind die Wälder,
Feuermann tanzet über die Felder!“

da setzte er rasch hinzu:

„Nimm dich in Acht!
Eh du erwacht,
Holt dich die Mutter
Heim in die Nacht!“

„Das ist das Sprüchlein der Regentrude!“ rief Frau Stine; „und nun rasch noch einmal! und da, Maren, merk wohl auf, damit es nicht wiederum verloren geht!“

Und nun sprachen Mutter und Sohn noch einmal zusammen und ohne Anstoß:

„Dunst ist die Welle,
Staub ist die Quelle!

Stumm sind die Wälder,
Feuermann tanzet über die Felder!

Nimm dich in Acht!
Eh du erwacht,
Holt dich die Mutter
Heim in die Nacht!“

„Nun hat alle Not ein Ende!“ rief Maren; „nun wecken wir die Regentrude; morgen sind alle Felder wieder grün, und übermorgen gibt’s Hochzeit!“ Und mit fliegenden Worten und glänzenden Augen erzählte sie ihrem Andrees, welches Versprechen sie dem Vater abgewonnen habe.

„Kind“, sagte die Witwe wieder, „weißt du denn auch den Weg zur Regentrude?“

„Nein, Mutter Stine, wißt Ihr denn auch den Weg nicht mehr?“

„Aber, Maren, es war ja die Urahne, die bei der Regentrude war; von dem Wege hat sie mir niemals was erzählt.“

„Nun, Andrees“, sagte Maren und faßte den Arm des jungen Bauern, der währenddes mit gerunzelter Stirn vor sich hingestarrt hatte, „so sprich du! Du weißt ja sonst doch immer Rat!“

„Vielleicht weiß ich auch jetzt wieder einen!“ entgegnete er bedächtig. „Ich muß heute mittag den Schafen noch Wasser hinauftragen. Vielleicht daß ich den Feuermann noch einmal hinter dem Dornbusch belauschen kann! Hat er das Sprüchlein verraten, wird er auch noch den Weg verraten; denn sein dicker Kopf scheint überzulaufen von diesen Dingen.“

Und bei diesem Entschluß blieb es. So viel sie auch hin und wider redeten, sie wußten keinen bessern aufzufinden.

Bald darauf fand sich Andrees mit seiner Wassertracht droben auf dem Weideplatze. Als er in die Nähe des Riesenhügels kam, sah er den Kobold schon von weitem auf einem der Steine am Zwergloch sitzen. Er strählte sich mit seinen fünf ausgespreizten Fingern den roten Bart; und jedesmal wenn er die Hand herauszog, löste sich ein Häufchen feuriger Flocken ab und schwebte in dem grellen Sonnenschein über die Felder dahin.

„Da bist du zu spät gekommen“, dachte Andrees, „heute wirst du nichts erfahren“, und wollte seitwärts, als habe er gar nichts gesehen, nach der Stelle abbiegen, wo noch immer der umgestürzte Zuber lag. Aber er wurde angerufen. „Ich dachte, du hättest mit mir zu reden!“ hörte er die Quäkstimme des Kobolds hinter sich.

Andrees kehrte sich um und trat ein paar Schritte zurück. „Was hätte ich mit Euch zu reden“, erwiderte er; „ich kenne Euch ja nicht.“

„Aber du möchtest den Weg zur Regentrude wissen?“

„Wer hat Euch denn das gesagt?“

„Mein kleiner Finger, und der ist klüger als mancher große Kerl.“

Andrees nahm all seinen Mut zusammen und trat noch ein paar Schritte näher zu dem Unding an den Hügel hinauf. „Euer kleiner Finger mag schon klug sein“, sagte er, „aber den Weg zur Regenfrau wird er doch nicht wissen, denn den wissen auch die allerklügsten Menschen nicht.“

Der Kobold blähte sich wie eine Kröte und fuhr ein paarmal mit seiner Klaue durch den Feuerbart, daß Andrees vor der herausströmenden Glut einen Schritt zurücktaumelte. Plötzlich aber, den jungen Bauer mit dem Ausdruck eines überlegenen Hohns aus seinen bösen kleinen Augen anstarrend, schnarrte er ihn an: „Du bist zu einfältig, Andrees; wenn ich dir auch sagte, daß die Regentrude hinter dem großen Walde wohnt, so würdest du doch nicht wissen, daß hinter dem Walde eine hohle Weide steht!“

„Hier gilt's den Dummen spielen!“ dachte Andrees; denn obschon er sonst ein ehrlicher Bursche war, so hatte er doch auch seine gute Portion Bauernschlauheit mit auf die Welt bekommen. „Da habt Ihr recht“, sagte er, und riß den Mund auf, „das würde ich freilich nicht wissen!“

„Und“, fuhr der Kobold fort, „wenn ich dir auch sagte daß hinter dem Walde die hohle Weide steht, so würdest du doch nicht wissen, daß in dem Baum eine Treppe zum Garten der Regenfrau hinabführt.“

„Wie man sich doch verrechnen kann!“ rief Andrees. „Ich dachte, man könnte nur so gradeswegs hineinspazieren.“

„Und wenn du auch gradeswegs hineinspazieren könntest“, sagte der Kobold, „so würdest du immer noch nicht wissen, daß die Regentrude nur von einer reinen Jungfrau geweckt werden kann.“

„Nun freilich“, meinte Andrees, „da hilft's mir nichts; da will ich mich nur gleich wieder auf den Heimweg machen.“

Ein arglistiges Lächeln verzog den breiten Mund des Kobolds. „Willst du nicht erst dein Wasser in den Zuber gießen?“ fragte er; „das schöne Viehzeug ist ja schier verschmachtet.“

„Da habt Ihr zum vierten Male recht!“ erwiderte der Bursche und ging mit seinen Eimern um den Hügel herum. Als er aber das Wasser in den heißen Zuber goß, schlug es zischend empor und verprasselte in weißen Dampfwolken in die Luft. „Auch gut!“ dachte er, „meine Schafe treibe ich mit mir heim und morgen mit dem frühesten geleite ich Maren zu der Regentrude. Die soll sie schon erwecken!“

Auf der andern Seite des Hügels aber war der Kobold von seinen Steinen aufgesprungen. Er warf seine rote Mütze in die Luft und kollerte sich mit wieherndem Gelächter den Berg hinab. Dann sprang er wieder auf seine dürren Spindelbeine, tanzte wie toll umher und schrie dabei mit seiner Quäkstimme einmal übers andere. „Der Kindskopf, der Bauernlümmel dachte mich zu übertölpeln und weiß noch nicht, daß die Trude sich nur durch das rechte

Sprüchlein wecken läßt. Und das Sprüchlein weiß keiner als Eckeneckepenn, und Eckeneckepenn das bin ich!" –

Der böse Kobold wußte nicht, daß er am Vormittag das Sprüchlein selbst verraten hatte.

Auf die Sonnenblumen, die vor Marens Kammer im Garten standen, fiel eben der erste Morgenstrahl, als sie schon das Fenster aufstieß und ihren Kopf in die frische Luft hinaussteckte. Der Wiesenbauer, welcher nebenan im Alkoven des Wohnzimmers schlief, mußte davon erwacht sein; denn sein Schnarchen, das noch eben durch alle Wände drang, hatte plötzlich aufgehört „Was treibst du, Maren?" rief er mit schläfriger Stimme. „Fehlt's dir denn wo?"

Das Mädchen fuhr sich mit dem Finger an die Lippen, denn sie wußte wohl, daß der Vater, wenn er ihr Vorhaben erführe, sie nicht aus dem Hause lassen würde. Aber sie faßte sich schnell. „Ich habe nicht schlafen können, Vater", rief sie zurück, „ich will mit den Leuten auf die Wiesen; es ist so hübsch frisch heute morgen."

„Hast das nicht nötig, Maren", erwiderte der Bauer, „meine Tochter ist kein Dienstbot." Und nach einer Weile fügte er hinzu: „Na, wenn's dir Pläsier macht! Aber sei zur rechten Zeit wieder heim, eh die große Hitze kommt. Und vergiß mein Warmbier nicht!" Damit warf er sich auf die andere Seite, daß die Bettstelle krachte, und gleich darauf hörte auch das Mädchen wieder das wohlbekannte abgemessene Schnarchen.

Behutsam drückte sie ihre Kammertür auf. Als sie durch die Torfahrt ins Freie ging, hörte sie eben den Knecht die beiden Mägde wecken. „Es ist doch schnöd", dachte sie, „daß du so hast lügen müssen, aber" – und sie seufzte dabei ein wenig – „was tut man nicht um seinen Schatz!"

Drüben in seinem Sonntagsstaat stand schon Andrees ihrer wartend. „Weißt du dein Sprüchlein noch?" rief er ihr entgegen.

„Ja, Andrees! Und weißt du noch den Weg?“ Er nickte nur.

„So laß uns gehen!“ – Aber eben kam noch Mutter Stine aus dem Hause und steckte ihrem Sohne ein mit Met gefülltes Fläschchen in die Tasche. „Der ist noch von der Urahne“, sagte sie, „sie tat allezeit sehr geheim und kostbar damit, der wird euch gut tun in der Hitze!“

Darin gingen sie im Morgenschein die stille Dorfstraße hinab und die Witwe stand noch lange und schaute nach der Richtung, wo die jungen kräftigen Gestalten verschwunden waren.

Der Weg der beiden führte hinter der Dorfmark über eine weite Heide. Danach kamen sie in den großen Wald. Aber die Blätter des Waldes lagen meist verdorrt am Boden, so daß die Sonne überall hindurchblitzte, sie wurden fast geblendet von den wechselnden Lichtern. – Als sie eine geraume Zeit zwischen den hohen Stämmen der Eichen und Buchen fortgeschritten waren, faßte das Mädchen die Hand des jungen Mannes.

„Was hast du, Maren?“ fragte er.

„Ich hörte unsere Dorfuhr schlagen, Andrees.“

„Ja, mir war es auch so.“

„Es muß sechs Uhr sein!“ sagte sie wieder. „Wer kocht denn dem Vater nur sein Warmbier? Die Mägde sind alle auf dem Felde.“

„Ich weiß nicht, Maren; aber das hilft nun doch weiter nicht!“

„Nein“, sagte sie, „das hilft nun weiter nicht. Aber weißt du denn auch noch unser Sprüchlein?“

„Freilich, Maren!

Dunst ist die Welle,
Staub ist die Quelle!“

Und als er einen Augenblick zögerte, sagte sie rasch:

„Stumm sind die Wälder,
Feuermann tanzet über die Felder."

„Oh!" rief sie, „wie brannte die Sonne!"'

„Ja", sagte Andrees und rieb sich die Wange, „es hat auch mir ordentlich einen Stich gegeben."

Endlich kamen sie aus dem Walde und dort, ein paar Schritte vor ihnen, stand auch schon der alte Weidenbaum. Der mächtige Stamm war ganz gehöhlt und das Dunkel, das darin herrschte, schien tief in den Abgrund der Erde zu führen. Andrees stieg zuerst allein hinab, während Maren sich auf die Höhlung des Baumes lehnte und ihm nachzublicken suchte. Aber bald sah sie nichts mehr von ihm, nur das Geräusch des Hinabsteigens schlug noch an ihr Ohr. Ihr begann angst zu werden, oben um sie her war es so einsam und von unten hörte sie endlich auch keinen Laut mehr. Sie steckte den Kopf tief in die Höhlung und rief: „Andrees, Andrees!" Aber es blieb alles still, und noch einmal rief sie: „Andrees!" – Da nach einiger Zeit war es ihr, als höre sie es von unten wieder heraufkommen, und allmählich erkannte sie auch die Stimme des jungen Mannes, der ihren Namen rief, und faßte seine Hand, die er ihr entgegenstreckte. „Es führt eine Treppe hinab", sagte er, „aber sie ist steil und ausgebröckelt und wer weiß wie tief nach unten zu der Abgrund ist!"

Maren erschrak. „Fürchte dich nicht", sagte er, „ich trage dich; ich habe einen sichern Fuß." Dann hob er das schlanke Mädchen auf seine breite Schulter; und als sie die Arme fest um seinen Hals gelegt hatte, stieg er behutsam mit ihr in die Tiefe. Dichte Finsternis umgab sie; aber Maren atmete doch auf, während sie so Stufe um Stufe wie in einem gewundenen Schneckengange hinabgetragen wurde; denn es war kühl hier im Innern der Erde. Kein Laut von oben drang zu ihnen herab; nur einmal hörten sie dumpf aus der Ferne die unterirdischen

Wasser brausen, die vergeblich zum Lichte emporarbeiteten.

„Was war das?“ flüsterte das Mädchen.

„Ich weiß nicht, Maren.“

„Aber hat’s denn noch kein Ende?“

„Es scheint fast nicht.“

„Wenn dich der Kobold nur nicht betrogen hat!“

„Ich denke nicht, Maren.“

So stiegen sie tiefer und tiefer. Endlich spürten sie wieder den Schimmer des Sonnenlichts unter sich, das mit jedem Tritte leuchtender wurde; zugleich aber drang auch eine erstickende Hitze zu ihnen herauf.

Als sie von der untersten Stufe ins Freie traten, sahen sie eine gänzlich unbekannte Gegend vor sich. Maren sah befremdet umher. „Die Sonne scheint aber doch dieselbe zu sein!“ sagte sie endlich.

„Kälter ist sie wenigstens nicht“, meinte Andrees, indem er das Mädchen zur Erde hob.

Von dem Platze, wo sie sich befanden, auf einem breiten Steindamm, lief eine Allee von alten Weiden in die Ferne hinaus. Sie bedachten sich nicht lange; sondern gingen, als sei ihnen der Weg gewiesen, zwischen den Reihen der Bäume entlang. Wenn sie nach der einen oder andern Seite blickten, so sahen sie in ein ödes unabsehbares Tiefland, das so von aller Art Rinnen und Vertiefungen zerrissen war, als bestehe es nur aus einem endlosen Gewirre verlassener See- und Strombetten. Dies schien auch dadurch bestätigt zu werden, daß ein beklemmender Dunst, wie von vertrocknetem Schilf, die Luft erfüllte. Dabei lagerte zwischen den Schatten der einzelnstehenden Bäume eine solche Glut, daß es den beiden Wanderern war, als sähen sie kleine weiße Flammen über den staubigen Weg dahinfliegen. Andrees mußte an die Flocken aus dem Feuerbarte des Kobolds denken. Einmal war es ihm sogar, als sähe er zwei dunkle Augenringe in dem grellen Sonnenschein; dann wieder glaubte er deutlich neben sich das tolle Springen der kleinen Spindelbeine zu hören. Bald war es links, bald rechts an seiner Seite. Wenn er sich aber wandte, vermochte er nichts zu sehen; nur die glutheiße Luft zitterte flirrend und blendend vor seinen Augen. „Ja“, dachte er, indem er des Mädchens Hand erfaßte und beide mühsam vorwärts schritten, „sauer machst du's uns; aber recht behältst du heute nicht!“

Weiter und weiter gingen sie, der eine nur auf das immer schwerere Atmen des andern hörend. Der einförmige Weg schien kein Ende zu nehmen; neben ihnen unaufhörlich die grauen, halb entblätterten Weiden, seitwärts hüben und drüben unter ihnen die unheimlich dunstende Niederung.

Plötzlich blieb Maren stehen und lehnte sich mit geschlossenen Augen an den Stamm einer Weide. „Ich kann nicht weiter“, murmelte sie; „die Luft ist lauter Feuer.“

Da gedachte Andrees des Metfläschchens, das sie bis dahin unberührt gelassen hatten. – Als er den Stöpsel abgezogen, verbreitete sich ein Duft, als seien die Tausende von Blumen noch einmal zur Blüte auferstanden, aus deren Kelchen vor vielleicht mehr als hundert Jahren die Bienen den Honig zu diesem Tranke zusammengetragen hatten. Kaum hatten die Lippen des Mädchens den Rand der Flasche berührt, so schlug sie schon die Augen auf. „Oh“, rief sie, „auf welcher schönen Wiese sind wir denn?“

„Auf keiner Wiese, Maren; aber trink nur, es wird dich stärken!“

Als sie getrunken hatte, richtete sie sich auf und schaute mit hellen Augen um sich her. „Trink auch einmal, Andrees“, sagte sie; „ein Frauenzimmer ist doch nur ein elendiglich Geschöpf!“

„Aber das ist ein echter Tropfen!“ rief Andrees, nachdem er auch gekostet hatte. „Mag der Himmel wissen, woraus die Urahne den gebraut hat!“

Dann gingen sie gestärkt und lustig plaudernd weiter. Nach einer Weile aber blieb das Mädchen wieder stehen. „Was hast du, Maren?“ fragte Andrees.

„Oh, nichts; ich dachte nur!“

„Was denn, Maren?“

„Siehst du, Andrees! Mein Vater hat noch sein halbes Heu auf den Wiesen; und ich gehe da aus, und will Regen machen!“

„Dein Vater ist ein reicher Mann, Maren; aber wir andern haben unser Fetzchen Heu schon längst in der Scheuer und unsere Frucht noch alle auf den dürren Halmen.“

„Ja, ja, Andrees, du hast wohl recht; man muß auch an die andern denken!“ Im stillen bei sich selber aber setzte sie nach einer Weile hinzu: „Maren, Maren, mach dir keine Flausen vor; du tust ja doch alles nur von wegen deinem Schatz!“

So waren sie wieder eine Zeitlang fortgegangen, als das Mädchen plötzlich rief: „Was ist denn das? Wo sind wir denn? Das ist ja ein großer ungeheuerer Garten!“

Und wirklich waren sie, ohne zu wissen wie, aus der einförmigen Weidenallee in einen großen Park gelangt. Aus der weiten, jetzt freilich versengten Rasenfläche erhoben sich überall Gruppen hoher prachtvoller Bäume. Zwar war ihr Laub zum Teil gefallen oder hing dürr oder schlaff an den Zweigen, aber der kühne Bau ihrer Äste strebte noch in den Himmel und die mächtigen Wurzeln griffen noch weit über die Erde hinaus. Eine Fülle von Blumen, wie die beiden sie nie zuvor gesehen, bedeckt hier und da den Boden; aber alle diese Blumen waren welk und düftelos und schienen mitten in der höchsten Blüte von der tödlichen Glut getroffen zu sein.

„Wir sind am rechten Orte, denk ich!“ sagte Andrees.

Maren nickte. „Du mußt nun hier zurückbleiben, bis ich wiederkomme.“

„Freilich“, erwiderte er, indem er sich in dem Schatten einer großen Eiche ausstreckte. „Das übrige ist nun deine Sach! Halt nur das Sprüchlein fest und verred dich nicht dabei!“ – –

So ging sie denn allein über den weiten Rasen und unter den himmelhohen Bäumen dahin, und bald sah der Zurückbleibende nichts mehr von ihr. Sie aber schritt weiter und weiter durch die Einsamkeit. Bald hörten die Baumgruppen auf, und der Boden senkte sich. Sie erkannte wohl, daß sie in dem ausgetrockneten Bette eines Gewässers ging; weißer Sand und Kiesel bedeckten den Boden, dazwischen lagen tote Fische und blinkten mit ihren Silberschuppen in der Sonne. In der Mitte des Beckens sah sie einen grauen fremdartigen Vogel stehen; er schien ihr einem Reiher ähnlich zu sein, doch war er von solcher Größe, daß sein Kopf, wenn er ihn aufrichtete, über den eines Menschen hinwegragen mußte; jetzt hatte er den langen Hals zwischen den Flügeln zurückgelegt und schien zu schlafen. Maren fürchtete sich. Außer dem regungslosen unheimlichen Vogel war kein lebendes Wesen sichtbar, nicht einmal das Schwirren einer Fliege unterbrach hier die Stille; wie ein Entsetzen lag das Schweigen über diesem Orte. Einen Augenblick trieb sie die Angst, nach ihrem Geliebten zu rufen, aber sie wagte es wiederum nicht, denn den Laut ihrer eigenen Stimme in dieser Öde zu hören, dünkte sie noch schauerlicher als alles andere.

So richtete sie denn ihre Augen fest in die Ferne, wo sich wieder dichte Baumgruppen über den Boden zu erheben schienen, und schritt weiter ohne rechts oder links zu sehen. Der große Vogel rührte sich nicht, als sie mit leisem Tritt an ihm vorüberging, nur für einen Augenblick blitzte es schwarz unter der weißen Augenhaut hervor. – Sie atmete auf. – Nachdem sie noch eine weite Strecke hingeschritten, verengte sich das Seebette zu der Rinne eines mäßigen Baches, der unter einer breiten Lindengruppe durchführte. Das Geäste dieser mächtigen Bäume war so dicht, daß ungeachtet des mangelhaften

Laubes kein Sonnenstrahl hindurchdrang. Maren ging in dieser Rinne weiter; die plötzliche Kühle um sie her, das hohe, dunkle Gewölbe der Wipfel über ihr; es schien ihr fast, als gehe sie durch eine Kirche. Plötzlich aber wurden ihre Augen von einem blendenden Lichte getroffen; die Bäume hörten auf und vor ihr erhob sich ein graues Gestein, auf das die grellste Sonne niederbrannte.

Maren selbst stand in einem leeren sandigen Becken, in welches sonst ein Wasserfall über die Felsen hinabgestürzt sein mochte, der dann unterhalb durch die Rinne seinen Abfluß in den jetzt verdunsteten See gehabt hatte. Sie suchte mit den Augen, wo wohl der Weg zwischen den Klippen hinaufführe. Plötzlich aber schrak sie zusammen. Denn das dort auf der halben Höhe des Absturzes konnte nicht zum Gestein gehören; wenn es auch ebenso grau war und starr wie dieses in der regungslosen Luft lag, so erkannte sie doch bald, daß es ein Gewand sei, welches in Falten eine ruhende Gestalt bedeckte. – Mit verhaltenem Atem stieg sie näher. Da sah sie es deutlich; es war eine schöne mächtige Frauengestalt. Der Kopf lag tief aufs Gestein zurückgesunken; die blonden Haare, die bis zur Hüfte hinabflossen, waren voll Staub und dürren Laubes. Maren betrachtete sie aufmerksam. „Sie muß sehr schön gewesen sein", dachte sie, „ehe diese Wangen so schlaff und diese Augen so eingesunken waren. Ach, und wie bleich ihre Lippen sind! Ob es denn wohl die Regentrude sein mag? – Aber die da schläft nicht; das ist eine Tote! Oh, es ist entsetzlich einsam hier!"

Das kräftige Mädchen hatte sich indessen bald gefaßt. Sie trat ganz dicht herzu, und niederkniend und zu ihr hingebeugt legte sie ihre frischen Lippen an das marmorblasse Ohr der Ruhenden. Dann all ihren Mut zusammennehmend, sprach sie laut und deutlich:

„Dunst ist die Welle,
Staub ist die Quelle;

Stumm sind die Wälder,
Feuermann tanzet über die Felder!“

Da rang sich ein tiefer klagender Laut aus dem bleichen Munde hervor; doch das Mädchen sprach immer stärker und eindringlicher:

„Nimm dich in Acht!
Eh du erwacht,
Holt dich die Mutter
Heim in die Nacht!“

Da rauschte es sanft durch die Wipfel der Bäume und in der Ferne donnerte es leise von einem Gewitter. Zugleich aber, und, wie es schien, von jenseits des Gesteins kommend, durchschnitt ein greller Ton die Luft, wie der Wutschrei eines bösen Tieres. Als Maren emporsah, stand die Gestalt der Trude hoch aufgerichtet vor ihr. „Was willst du?“ fragte sie.

„Ach, Frau Trude“, antwortete das Mädchen noch immer kniend. „Ihr habt so grausam lang geschlafen, daß alles Laub und alle Kreatur verschmachten will!“

Die Trude sah sie mit weit aufgerissenen Augen an, als mühe sie sich, aus schweren Träumen zu kommen.

Endlich fragte sie mit tonloser Stimme: „Stürzt denn der Quell nicht mehr?“

„Nein, Frau Trude“, erwiderte Maren.

„Kreist denn mein Vogel nicht mehr über dem See?“

„Er steht in der heißen Sonne und schläft.“

„Weh!“ wimmerte die Regenfrau. „So ist es hohe Zeit. Steh auf und folge mir, aber vergiß nicht den Krug, der dort zu deinen Füßen liegt!“

Maren tat wie ihr geheißen, und beide stiegen nun an der Seite des Gesteins hinauf. – Noch mächtigere Baumgruppen, noch wunderbarere Blumen waren hier der Erde entsprossen, aber auch hier war alles welk und düftelos. –

Sie gingen an der Rinne des Baches entlang, der hinter ihnen seinen Abfall vom Gestein gehabt hatte. Langsam und schwankend schritt die Trude dem Mädchen voran, nur dann und wann die Augen traurig umherwendend. Dennoch meinte Maren, es bleibe ein grüner Schimmer auf dem Rasen, den ihr Fuß betreten, und wenn die grauen Gewänder über das dürre Gras schleppten, da rauschte es so eigen, daß sie immer darauf hinhören mußte. „Regnet es denn schon, Frau Trude?“ fragte sie.

„Ach nein, Kind, erst mußt du den Brunnen aufschließen!“

„Den Brunnen? Wo ist denn der?“

Sie waren eben aus einer Gruppe von Bäumen herausgetreten „Dort!“ sagte die Trude, und einige tausend Schritte vor ihnen sah Maren einen ungeheueren Bau emporsteigen. Er schien von grauem Gestein zackig und unregelmäßig aufgetürmt; bis in den Himmel, meinte Maren; denn nach oben hinauf war alles wie in Duft und Sonnenglanz zerflossen. Am Boden aber wurde die in riesenhaften Erkern vorspringende Fronte überall von hohen spitzbogigen Tor- und Fensterhöhlen durchbrochen, ohne daß jedoch von Fenstern oder Torflügeln selbst etwas zu sehen gewesen wäre.

Eine Weile schritten sie gerade darauf zu, bis sie durch den Uferabsturz eines Stromes aufgehalten wurden, der den Bau rings zu umgeben schien. Auch hier war jedoch das Wasser bis auf einen schmalen Faden, der noch in der Mitte floß, verdunstet; ein Nachen lag zerborsten auf der trockenen Schlammdecke des Strombettes.

„Schreite hindurch!“ sagte die Trude. „Über dich hat er keine Gewalt. Aber vergiß nicht, von dem Wasser zu schöpfen; du wirst es bald gebrauchen!“

Als Maren, dem Befehl gehorchend, von dem Ufer herabtrat, hätte sie fast den Fuß zurückgezogen, denn der Boden war hier so heiß, daß sie die Glut durch ihre Schuhe fühlte. „Ei was, mögen die Schuhe verbrennen!“

dachte sie und schritt rüstig mit ihrem Kruge weiter. Plötzlich aber blieb sie stehen; der Ausdruck des tiefsten Entsetzens trat in ihre Augen. Denn neben ihr zerriß die trockene Schlammdecke und eine große braunrote Faust mit krummen Fingern fuhr daraus hervor und griff nach ihr.

„Mut!“ hörte sie die Stimme der Trude hinter sich vom Ufer her.

Da erst stieß sie einen lauten Schrei aus und der Spuk verschwand.

„Schließe die Augen!“ hörte sie wiederum die Trude rufen. – Da ging sie mit geschlossenen Augen weiter; als sie aber das Wasser ihren Fuß berühren fühlte, bückte sie sich und füllte ihren Krug. Dann stieg sie leicht und ungefährdet am andern Ufer wieder hinauf.

Bald hatte sie das Schloß erreicht und trat mit klopfendem Herzen durch eines der großen offenen Tore. Drinnen aber blieb sie staunend an dem Eingange stehen. Das ganze Innere schien nur ein einziger unermeßlicher Raum zu sein. Mächtige Säulen von Tropfstein trugen in beinahe unabsehbarer Höhe eine seltsame Decke; fast meinte Maren, es seien nichts als graue riesenhafte Spinngewebe, die überall in Bauschen und Spitzen zwischen den Knäufen der Säulen herabhingen. Noch immer stand sie wie verloren an derselben Stelle und blickte bald vor sich hin, bald nach einer und der andern Seite, aber diese ungeheueren Räume schienen außer nach der Fronte zu, durch welche Maren eingetreten war, ganz ohne Grenzen zu sein; Säule hinter Säule erhob sich, und wie sehr sie sich auch anstrengte, sie konnte nirgends ein Ende absehen. Da blieb ihr Auge an einer Vertiefung des Bodens haften. Und siehe! Dort, unweit von ihr, war der Brunnen; auch den goldenen Schlüssel sah sie auf der Falltür liegen.

Während sie darauf zuging, bemerkte sie, daß der Fußboden nicht etwa, wie sie es in ihrer Dorfkirche gesehen, mit Steinplatten, sondern überall mit vertrockneten Schilf- und Wiesenpflanzen bedeckt war. Aber es nahm sie jetzt schon nichts mehr wunder.

Nun stand sie am Brunnen und wollte eben den Schlüssel ergreifen; da zog sie rasch die Hand zurück. Denn deutlich hatte sie es erkannt: der Schlüssel, der ihr in dem grellen Lichte eines von außen hereinfallenden Sonnenstrahls entgegenleuchtete, war von Glut und nicht von Golde rot. Ohne Zaudern goß sie ihren Krug darüber aus, daß das Zischen des verdampfenden Wassers in den weiten Räumen widerhallte. Dann schloß sie rasch den Brunnen auf. Ein frischer Duft stieg aus der Tiefe, als sie die Falltür zurückgeschlagen hatte, und erfüllte bald alles mit einem feinen feuchten Staube, der wie ein zartes Gewölk zwischen den Säulen emporstieg.

Sinnend und in der frischen Kühle aufatmend ging Maren umher. Da begann zu ihren Füßen ein neues Wunder. Wie ein Hauch rieselte ein lichtes Grün über die verdorrte Pflanzendecke, die Halme richteten sich auf und bald wandelte das Mädchen durch eine Fülle sprießender Blätter und Blumen. Am Fuße der Säulen wurde es blau von Vergißmeinnicht; dazwischen blühten gelbe und braunviolette Iris auf und verhauchten ihren zarten Duft. An den Spitzen der Blätter klommen Libellen empor, prüften ihre Flügel und schwebten dann schillernd und gaukelnd über den Blumenkelchen, während der frische Duft, der fortwährend aus dem Brunnen stieg, immer mehr die Luft erfüllte und wie Silberfunken in den hereinfallenden Sonnenstrahlen tanzte.

Indessen Maren noch des Entzückens und Bestaunens kein Ende finden konnte, hörte sie hinter sich ein behagliches Stöhnen wie von einer süßen Frauenstimme. Und wirklich, als sie ihre Augen nach der Vertiefung des Brunnens wandte, sah sie auf dem grünen Moosrande, der dort emporgekeimt war, die ruhende Gestalt einer wunderbar schönen, blühenden Frau. Sie

hatte ihren Kopf auf den nackten, glänzenden Arm gestützt, über den das blonde Haar wie in seidenen Wellen herabfiel, und ließ ihre Augen oben zwischen den Säulen an der Decke wandern.

Auch Maren blickte unwillkürlich hinauf. Da sah sie nun wohl, daß das, was sie für große Spinngewebe gehalten, nichts anderes sei als die zarten Florgewebe der Regenwolken, die durch den aus dem Brunnen aufsteigenden Duft gefüllt und schwer und schwerer wurden. Eben hatte sich ein solches Gewölk in der Mitte der Decke abgelöst und sank leise schwebend herab, so daß Maren das Gesicht der schönen Frau am Brunnen nur noch wie durch einen grauen Schleier leuchten sah. Da klatschte diese in die Hände, sogleich schwamm die Wolke der nächsten Fensteröffnung zu und floß durch dieselbe ins Freie hinaus.

„Nun!" rief die schöne Frau. „Wie gefällt dir das?" Und dabei lächelte ihr roter Mund und ihre weißen Zähne blitzten.

Dann winkte sie Maren zu sich, und diese mußte sich neben ihr ins Moos setzen; und als eben wieder ein Duftgewebe von der Decke niedersank, sagte sie: „Nun klatsch in deine Hände!" Und als Maren das getan und auch diese Wolke, wie die erste, ins Freie hinausgezogen war, rief sie: „Siehst du wohl, wie leicht das ist! Du kannst es besser noch als ich!"

Maren betrachtete verwundert die schöne übermütige Frau. „Aber", fragte sie, „wer seid Ihr denn so eigentlich?"

„Wer ich bin? Nun, Kind, bist du aber einfältig!"

Das Mädchen sah sie noch einmal mit ungewissen Augen an; endlich sagte sie zögernd: „Ihr seid doch nicht gar die Regentrude?"

„Und wer sollte ich denn anders sein?"

„Aber verzeiht! Ihr seid ja so schön und lustig jetzt!"

Da wurde die Trude plötzlich ganz still. „Ja", rief sie,

„ich muß dir dankbar sein. Wenn du mich nicht geweckt hättest, wäre der Feuermann Meister geworden, und ich hätte wieder hinab müssen zu der Mutter unter die Erde.“ Und indem sie ein wenig wie vor innerem Grauen die weißen Schultern zusammenzog, setzte sie hinzu: „Und es ist ja doch so schön und grün hier oben!“

Dann mußte Maren erzählen wie sie hierher gekommen, und die Trude legte sich ins Moos zurück und hörte zu. Mitunter pflückte sie eine der Blumen, die neben ihr emporsproßten, und steckte sie sich oder dem Mädchen ins Haar. Als Maren von dem mühseligen Gange auf dem Weidendamme berichtete, seufzte die Trude und sagte: „Der Damm ist einst von euch Menschen selbst gebaut worden; aber es ist schon lange, lange her! Solche Gewänder, wie du sie trägst, sah ich nie bei ihren Frauen. Sie kamen damals öfters zu mir, ich gab ihnen Keime und Körner zu neuen Pflanzen und Getreiden, und sie brachten mir zum Dank von ihren Früchten. Wie sie meiner nicht vergaßen, so vergaß ich ihrer nicht, und ihre Felder waren niemals ohne Regen. Seit langem aber sind die Menschen mir entfremdet, es kommt niemand mehr zu mir. Da bin ich denn vor Hitze und lauter Langerweile eingeschlafen, und der tückische Feuermann hätte fast den Sieg erhalten.“

Maren hatte sich währenddessen ebenfalls mit geschlossenen Augen auf das Moos zurückgelegt, es taute so sanft um sie her, und die Stimme der schönen Trude klang so süß und traulich.

„Nur einmal“, fuhr diese fort, „aber das ist auch schon lange her, ist noch ein Mädchen gekommen, sie sah fast aus wie du und trug fast ebensolche Gewänder. Ich schenkte ihr von meinem Wiesenhonig, und das war die letzte Gabe, die ein Mensch aus meiner Hand empfangen hat.“

„Seht nur“, sagte Maren, „das hat sich gut getroffen! Jenes Mädchen muß die Urahne von meinem Schatz gewesen sein, und der Trank, der mich heute so gestärkt hat, war gewiß von Eurem Wiesenhonig!“

Die Regenfrau dachte wohl noch an ihre junge Freundin von damals; denn sie fragte: „Hat sie denn noch so schöne braune Löckchen an der Stirn?“

„Wer denn, Frau Trude?“

„Nun, die Urahne, wie du sie nennst!“

„O nein, Frau Trude“, erwiderte Maren, und sie fühlte sich in diesem Augenblick ihrer mächtigen Freundin fast ein wenig überlegen, – „die Urahne ist ja ganz steinalt geworden!“

„Alt?“ fragte die schöne Frau. Sie verstand das nicht, denn sie kannte nicht das Alter.

Maren hatte große Mühe, ihr es zu erklären. „Merket nur“, sagte sie endlich, „graues Haar und rote Augen und häßlich und verdrießlich sein! Seht, Frau Trude, das nennen wir alt!“ „Freilich“, erwiderte diese, „ich entsinne mich nun; es waren auch solche unter den Frauen der Menschen; aber die Urahne soll zu mir kommen, ich mache sie wieder froh und schön.“

Maren schüttelte den Kopf. „Das geht ja nicht, Frau Trude“, sagte sie, „die Urahne ist ja längst unter der Erde.“

Die Trude seufzte. „Arme Urahne.“

Hierauf schwiegen beide, während sie noch immer behaglich ausgestreckt im weichen Moose lagen. „Aber Kind!“ rief plötzlich die Trude, „da haben wir über all dem Geplauder ja ganz das Regenmachen vergessen. Schlag doch nur die Augen auf! Wir sind ja unter lauter Wolken ganz begraben; ich sehe dich schon gar nicht mehr!“

„Ei, da wird man ja naß wie eine Katze!“ rief Maren, als sie die Augen aufgeschlagen hatte.

Die Trude lachte. „Klatsch nur ein wenig in die Hände, aber nimm dich in acht, daß du die Wolken nicht zerreißt!“

So begannen beide leise in die Hände zu klopfen; und alsbald entstand ein Gewoge und Geschiebe, die Nebelgebilde drängten sich nach den Öffnungen und schwammen, eins nach dem andern ins Freie hinaus. Nach kurzer Zeit sah Maren schon wieder den Brunnen vor sich und den grünen Boden mit den gelben und violetten Irisblüten. Dann wurden auch die Fensterhöhlen frei, und sie sah weithin über den Bäumen des Gartens die Wolken den ganzen Himmel überziehen. Allmählich verschwand die Sonne. Noch ein paar Augenblicke, und sie hörte es draußen wie einen Schauer durch die Blätter der Bäume und Gebüsche wehen, und dann rauschte es hernieder, mächtig und unablässig. Maren saß aufgerichtet mit gefalteten Händen. „Frau Trude, es regnet", sagte sie leise.

Diese nickte kaum merklich mit ihrem schönen blonden Kopfe; sie saß wie träumend.

Plötzlich aber entstand draußen ein lautes Prasseln und Heulen, und als Maren erschrocken hinausblickte, sah sie aus dem Bette des Umgebungsstromes, den sie kurz vorher überschritten hatte, sich ungeheuere weiße Dampfwolken stoßweise in die Luft erheben. In demselben Augenblicke fühlte sie sich auch von den Armen der schönen Regenfrau umfangen, die sich zitternd an das neben ihr ruhende junge Menschenkind schmiegte. „Nun gießen sie den Feuermann aus", flüsterte sie, „horch nur, wie er sich wehrt! Aber es hilft ihm doch nichts mehr."

Eine Weile hielten sie sich so umschlossen; da wurde es stille draußen und es war nun nichts zu hören, als das sanfte Rauschen des Regens. – Da standen sie auf und die Trude ließ die Falltür des Brunnens herab und verschloß sie.

Maren küßte ihre weiße Hand und sagte: „Ich danke Euch, liebe Frau Trude, für mich und alle Leute in unserm Dorfe! Und" – setzte sie ein wenig zögernd hinzu – „nun möchte ich wieder heimgehen!"

„Schon gehen?“ fragte die Trude.

„Ihr wißt ja, mein Schatz wartet auf mich; er mag schon wacker naß geworden sein.“

Die Trude erhob den Finger. „Wirst du ihn auch später niemals warten lassen?“

„Gewiß nicht, Frau Trude!“

„So geh, mein Kind; und wenn du heimkommt, so erzähle den andern Menschen von mir, daß sie meiner fürder nicht vergessen. – Und nun komm! Ich werde dich geleiten.“

Draußen unter dem frischen Himmelstau war schon überall das Grün des Rasens und an Baum und Büschen das Laub hervorgesprossen. – Als sie an den Strom kamen, hatte das Wasser sein ganzes Bette wieder ausgefüllt, und als erwarte er sie, ruhte der Kahn, wie von unsichtbarer Hand wiederhergestellt, schaukelnd an dem üppigen Grase des Uferrandes. Sie stiegen ein, und leise glitten sie hinüber, während die Tropfen spielend und klingend in die Flut fielen. Da, als sie eben an das andere Ufer traten, schlugen neben ihnen die Nachtigallen ganz laut aus dem Dunkel des Gebüsches. „Oh“, sagte die Trude und atmete so recht aus Herzensgrunde, „es ist noch Nachtigallenzeit, es ist noch nicht zu spät!“

Da gingen sie an dem Bache entlang, der zu dem Wasserfalle führte. Der stürzte sich schon wieder tosend über die Felsen und floß dann strömend in der breiten Rinne unter den dunkeln Linden fort. Sie mußten, als sie hinabgestiegen waren, an der Seite unter den Bäumen hingehen. Als sie wieder ins Freie traten, sah Maren den fremden Vogel in großen Kreisen über einem See schweben, dessen weites Becken sich zu ihren Füßen dehnte. Bald gingen sie unten längs dem Ufer hin, fortwährend die süßesten Düfte atmend und auf das Anrauschen der Wellen horchend, die über glänzende Kiesel an dem Strande hinaufströmten. Tausende von Blumen blühten überall; auch Veilchen und Maililien bemerkte

Maren, und andere Blumen, deren Zeit eigentlich längst vorüber war, die aber wegen der bösen Glut nicht hatten zur Entfaltung kommen können. „Die wollen auch nicht zurückbleiben“, sagte die Trude, „das blüht nun alles durcheinander hin.“

Mitunter schüttelte sie ihr blondes Haar, daß die Tropfen wie Funken um sie her sprühten oder sie schränkte ihre Hände zusammen, daß von ihren vollen weißen Armen das Wasser wie in eine Muschel hinabfloß. Dann wieder riß sie die Hände auseinander, und wo die hingesprühten Tropfen die Erde berührten, da stiegen neue Düfte auf, und ein Farbenspiel von frischen nie gesehenen Blumen drängte sich leuchtend aus dem Rasen.

Als sie um den See herum waren, blickte Maren noch einmal auf die weite bei dem niederfallenden Regen kaum übersehbare Wasserfläche zurück; es schauerte sie fast bei dem Gedanken, daß sie am Morgen trockenen Fußes durch die Tiefe gegangen sei. Bald mußten sie dem Platze nahe sein, wo sie ihren Andrees zurückgelassen hatte. Und richtig! Dort unter den hohen Bäumen lag er mit aufgestütztem Arm; er schien zu schlafen. Als aber Maren auf die schöne Trude blickte, wie sie mit dem roten lächelnden Munde so stolz neben ihr über den Rasen schritt, erschien sie sich plötzlich in ihren bäuerischen Kleidern so plump und häßlich, daß sie dachte: „Ei, das tut nicht gut, die braucht der Andrees nicht zu sehen!“ Laut aber sprach sie: „Habt Dank für Euer Geleite, Frau Trude, ich finde mich nun schon selber!“

„Aber ich muß doch deinen Schatz noch sehen!“

„Bemüht Euch nicht, Frau Trude“, erwiderte Maren, „es ist eben ein Bursch, wie die andern auch und just gut genug für ein Mädel vom Dorf.“

Die Trude sah sie mit durchdringenden Augen an. „Schön bist du, Närrchen!“ sagte sie und erhob drohend ihren Finger: „Bist du denn aber auch in deinem Dorf die Allerschönste?“

Da stieg dem hübschen Mädchen das Blut ins Gesicht, daß ihr die Augen überliefen. Die Trude aber lächelte schon wieder. „So merk denn auf!“ sagte sie; „weil nun doch alle Quellen wieder springen, so könnt ihr einen kürzern Weg haben. Gleich unten links am Weidendamm liegt ein Nachen. Steigt getrost hinein; er wird euch rasch und sicher in eure Heimat bringen! – Und nun leb wohl!“ rief sie und legte ihren Arm um den Nacken des Mädchens und küßte sie. „Oh, wie süß frisch schmeckt doch solch ein Menschenmund!“

Dann wandte sie sich und ging unter den fallenden Tropfen über den Rasen dahin. Dabei hub sie an zu singen; das klang süß und eintönig; und als die schöne Gestalt zwischen den Bäumen verschwunden war, da wußte Maren nicht, hörte sie noch immer aus der Ferne den Gesang, oder war es nur das Rauschen des niederfallenden Regens.

Eine Weile noch blieb das Mädchen stehen; dann, wie in plötzlicher Sehnsucht, streckte sie die Arme aus. „Lebt Wohl, schöne, liebe Regentrude, lebt wohl!“ rief sie. – Aber keine Antwort kam zurück; sie erkannte es nun deutlich, es war nur noch der Regen, der herniederrauschte.

Als sie hierauf langsam dem Eingange des Gartens zuschritt, sah sie den jungen Bauer hoch aufgerichtet unter den Bäumen stehen. „Wonach schaust du denn so?“ fragte sie, als sie näher gekommen war.

„Alle Tausend! Maren“, rief Andrees, „was war denn das für ein sauber Weibsbild?“

Das Mädchen aber ergriff den Arm des Burschen und drehte ihn mit einem derben Ruck herum. „Guck dir nur nicht die Augen aus!“ sagte sie, „das ist keine für dich; das war die Regentrude!“

Andrees lachte. „Nun, Maren“, erwiderte er, „daß du sie richtig aufgeweckt hattest, das hab ich hier schon merken können; denn so naß, mein ich, ist der Regen noch immer gewesen und so etwas von Grünwerden hab ich auch all mein Lebtag noch nicht gesehen! – Aber nun komm! Wir wollen heim, und dein Vater soll uns sein Wort einlösen."

Unten am Weidendamm fanden sie den Nachen und stiegen ein. Das ganze weite Tiefland war schon überflutet; auf dem Wasser und in der Luft lebte es von aller Art Gevögel; die schlanken Seeschwalben schossen schreiend über ihnen hin und tauchten die Spitzen ihrer Flügel in die Flut, während die Silbermöve majestätisch neben ihrem fortschießenden Kahne dahinschwamm; auf den grünen Inselchen, an denen sie hier und dort vorbeikamen, sahen sie die Bruushähne mit den goldenen Kragen ihre Kampfspiele halten.

So glitten sie rasch dahin. Noch immer fiel der Regen, sanft doch unablässig. Jetzt aber verengte sich das Wasser und bald war es nur noch ein mäßig breiter Bach.

Andrees hatte schon eine Zeitlang mit der Hand über den Augen in die Ferne geblickt. „Sieh doch, Maren", rief er, „ist das nicht meine Roggenkoppel?"

„Freilich, Andrees; und prächtig grün ist sie geworden! Aber siehst du denn nicht, daß es unser Dorfbach ist, auf dem wir fahren?"

„Richtig, Maren; aber was ist denn das dort? Das ist ja alles überflutet!"

„Ach, du lieber Gott!" rief Maren, „das sind ja meines Vaters Wiesen! Sieh nur, das schöne Heu, es schwimmt ja alles."

Andrees drückte dem Mädchen die Hand. „Laß nur, Maren!" sagte er, „der Preis ist, denk ich, nicht zu hoch, und meine Felder tragen ja nun um desto besser."

Bei der Dorflinde legte der Nachen an. Sie traten ans Ufer, und bald gingen sie Hand in Hand die Straße hinab. Da wurde ihnen von allen Seiten freundlich zugenickt; denn Mutter Stine mochte in ihrer Abwesenheit doch ein wenig geplaudert haben.

„Es regnet!“ riefen die Kinder, die unter den Tropfen durch über die Straße liefen. „Es regnet!“ sagte der Vetter Schulze, der behaglich aus seinem offenen Fenster schaute und den beiden mit kräftigem Drucke die Hand schüttelte. „Ja, ja, es regnet!“ sagte auch der Wiesenbauer, der wieder mit der Meerschaumpfeife in der Toreinfahrt seines stattlichen Hauses stand. „Und du, Maren, hast mich heute morgen wacker angelogen. Aber kommt nur herein, ihr beiden! Der Andrees, wie der Vetter Schulze sagt, ist allewege ein guter Bursch, seine Ernte wird heuer auch noch gut, und wenn es etwa wieder drei Jahre Regen geben sollte, so ist es am Ende doch so übel nicht, wenn Höhen und Tiefen beieinanderkommen. Drum geht hinüber zu Mutter Stine, da wollen wir die Sache allfort in Richtigkeit bringen!“

Mehrere Wochen waren seitdem vergangen. Der Regen hatte längst wieder aufgehört und die letzten schweren Erntewagen waren mit Kränzen und flatternden Bändern in die Scheuern eingefahren; da schritt im schönsten Sonnenschein ein großer Hochzeitszug der Kirche zu. Maren und Andrees waren die Brautleute; hinter ihnen gingen Hand in Hand Mutter Stine und der Wiesenbauer. Als sie fast bei der Kirchtür angelangt waren, daß sie schon den Choral vernahmen, den drinnen zu ihrem Empfang der alte Kantor auf der Orgel spielte, zog plötzlich ein weißes Wölkchen über ihnen am blauen Himmel auf, und ein paar leichte Regentropfen fielen der Braut in ihren Kranz. – „Das bedeutet Glück!“ riefen die Leute, die auf dem Kirchhof standen. „Das war die Regentrude!“ flüsterten Braut und Bräutigam und drückten sich die Hände.

Dann trat der Zug in die Kirche; die Sonne schien wieder, die Orgel aber schwieg und der Priester verrichtete sein Werk.

Der Spiegel des Cyprianus

Das Grafenschloß – eigentlich war es eine Burg – lag frei auf der Höhe; uralte Föhren und Eichen ragten mit ihren Wipfeln aus der Tiefe; und über ihnen und den Wäldern und Wiesen, die sich unterhalb des Berges ausbreiteten, lag der Sonnenglanz des Frühlings. Drinnen aber wartete Trauer; denn das einzige Söhnlein des Grafen war von unerklärlichem Siechtum befallen; und die vornehmsten Ärzte, die herbeigerufen wurden, vermochten den Ursprung des Übels nicht zu erkennen.

Im verhangenen Gemache lag der Knabe schlafend mit blutlosem Antlitz. Zwei Frauen saßen je zu einer Seite des Bettes, mit dem gespannten Blick der Sorge ihn betrachtend; die eine alt, in der Kleidung einer vornehmeren Dienerin, die andere, unverkennbar die Dame des Hauses, fast jung noch, aber die Spuren vergangenen Leides in dem blassen gütevollen Angesicht. – In den schönsten Tagen ihrer Jugend hatte der Graf um sie, das wenig begüterte Fräulein, geworben; aber, da schon nichts mehr fehlte, als das ausgesprochene Wort, hatte er sich abgewandt. Eine reiche schöne Dame, die dem armen Fräulein den stattlichen Gemahl und dessen Herrschaft neidete, hatte den leichtblütigen Mann in ihrem Liebesnetz verstrickt; und während diese als Herrin in das Grafenschloß einzog, blieb die Verlassene in dem Witwenstübchen ihrer Mutter.

Aber das Glück der jungen Gräfin hatte keinen Bestand. Als sie nach Jahresfrist dem kleinen Kuno das Leben gegeben, wurde sie von einem bösen Kindbettfieber hingerafft; und als wiederum ein Jahr vorbei war, da wußte der Graf für sein verwaistes Söhnlein keine bessere Mutterhand, als die, welche er einst verschmäht hatte.

Und sie mit ihrem stillen Herzen, vergab ihm alle Kränkung und wurde jetzt sein Weib. – So saß sie nun sorgend und wachend bei dem Kinde ihrer einstigen Nebenbuhlerin.

„Er schläft jetzt ruhig“, sagte die Alte; „Frau Gräfin sollten auch ein wenig ruhen.“

„Nicht doch, Amme“, erwiderte die sanfte Frau; „ich bedarf's noch nicht; ich sitze hier ja gut in meinem weichen Sessel.“

„Aber die vielen Nächte durch! Es ist doch nimmer ein Schlaf, wenn der Mensch nicht aus den Kleidern kommt.“ Und nach einer Weile setzte sie hinzu: „Es hat nicht immer solche Stiefmütter gegeben hier im Schloß.“

„Du mußt mich nicht so loben, Amme!“

„Kennt Ihr denn nicht die Geschichte von dem Spiegel des Cyprianus?“ sagte wiederum die Alte; und als die Gräfin es verneinte, fuhr sie fort: „So will ich sie Euch erzählen; es hilft die Gedanken zerstreuen. Und seht nur, wie das Kind schläft, der Atem geht ganz ruhig aus dem kleinen Munde! – Nehmt noch dies Kissen unterm Kreuz, und nun die Füßchen auf den Schemel hier! – Und nun, wartet ein Weilchen, daß ich mich recht besinne.“

Dann, als die Gräfin sich in die Kissen gesetzt und ihr freundlich zugenickt hatte, begann die erfahrene Dienerin des Hauses ihre Erzählung:

„Vor über hundert Jahren hat einmal eine Gräfin in diesem Schlosse gelebt; die ist von allen Leuten nur die gute Gräfin genannt worden. Der Name hat auch recht gehabt; denn sie ist demütig in ihrem Herzen gewesen und hat die Armen und Niedrigen nicht gering geachtet. Aber eine frohe Gräfin ist sie nicht gewesen. Wenn sie unten im Dorfe Hilfe bringend in die Wohnungen der Kätner gegangen, so hat sie mit Leid auf die Häuflein der Kinder geblickt, die ihr oft den Eingang in die niedrigen Türen versperrten, und dabei gedacht: ‚Was gäbst du nicht hin um ein einziges solcher pausbäckiger Englein?‘ Denn schon zehn Jahre lebte sie mit ihrem Gemahl; aber ihre Ehe blieb ungesegnet; auch war ihr nicht, wie Euer Gnaden, ein mutterlos Kind vom Herrgott in den Arm gelegt, dem sie den Schatz ihrer Liebe hätte schenken können. Der Graf, sonst ein gerechter Mann und der guten Gräfin in Treuen zugetan, hatte begonnen mitunter finster dreinzusehen, daß ihm der Erbe seiner großen Herrschaft noch immer nicht geboren wurde. Du lieber Gott!“ – unterbrach sich die Erzählerin – „den Reichen fehlt’s; und die Armen wünschen oft vergebens, daß sie von ihrem Häuflein ein Englein oder zwei im Himmel hätten, die droben für sie beten könnten.“

„Erzähle weiter!“ bat ihre Herrin; und die Alte fuhr fort:

„Es ist in der letzten Zeit des großen Krieges gewesen, und das Schloß hier noch oft von Feindes und Freundes Truppen überzogen worden, da hat es sich eines Tages begeben, daß ein alter Arzt, der mit den Schweden ins Land gekommen, bei einem Gefecht, dort hinten an dem Walde, von einer kaiserlichen Kugel verwundet worden, während er des Ausgangs harrend bei seinem Theriakskasten Wache hielt. Der Mann, welcher Cyprianus geheißen, ist hier ins Schloß getragen, und, obwohl die Herrschaft gut kaiserlich gewesen, von der guten Gräfin mit großer Hingebung gepflegt worden. Sie hat eine glückliche Hand gehabt; doch ist viel Zeit darüber hingegangen. Der Friede ist schon geschlossen gewesen, als sie noch oft in dem kleinen Würzgärtlein hinter dem Schlosse an der Seite des genesenden Greises auf und ab gewandelt ist und seinen Reden von den Kräften und Geheimnissen der Natur gelauscht hat. Manchen Wink und manches Heilmittel aus den Kräutern der Berge hat er ihr angegeben, das später ihren Kranken zugute kommen konnte. Und so ist allmählich zwischen der schönen Frau und dem alten weisen Meister eine gegenseitige dankbare Freundschaft entstanden.

Um diese Zeit ist auch der Graf, welcher seit einem Jahre in der Armee des Kaisers mit zu Felde gelegen, auf sein Schloß zurückgekehrt. Als nun die erste Freude des Wiedersehens vorüber war, glaubte der Arzt mit seinem forschenden Auge den Zug eines stillen Kummers in dem Gesicht der guten Gräfin zu erkennen; doch die Bescheidenheit des Alters hatte immer noch eine Frage darüber auf seinen Lippen zurückgehalten. Als er aber eines Tages ein Weib von den schwarzen fahrenden Leuten, die derzeit unter ihrem Herzog Michel durch das ganze Reich zogen, aus ihrer Kammer schlüpfen sehen, da hat er abends beim Lustwandeln in dem Gärtlein ihre Hand genommen und ihr eindringlich zugeredet: ‚Ihr wisset, gnädige Gräfin, ich trage ein väterlich Herz zu Euch; so saget mir auch, was ließet Ihr um Mittag, da Euer Herr sein Schläfchen tat, die arge Heidin in Eure Kammer?‘

Die gute Gräfin erschrak; aber als sie in das milde Gesicht des Greises sah, da sprach sie: ‚Ich habe ein großes Leid, Meister Cyprianus, und möchte wissen, ob noch eine Zeit kommt, wo es von mir genommen wäre.‘

‚So öffnet mir Euer Herz!‘ entgegnete er; ‚vielleicht, daß ich bessern Rat weiß, als jene fahrenden Leute, die wohl den Betrug der Leichtgläubigen, aber keineswegs die Zukunft verstehen!‘

Auf diese Worte hat die Gräfin dem alten Meister ihren Kummer vertraut, und wie sie durch ihre Kinderlosigkeit sogar das Herz ihres Gemahls zu verlieren fürchte.

Sie gingen währenddessen an der Umfassungsmauer des Gärtleins entlang, und Cyprianus schaute über die untenliegenden Wälder hinaus, auf die schon der rote Abendschein sich legte. ‚Die Sonne scheidet‘, sprach er; ‚und wenn sie morgen emporsteigt, so muß sie mich auf der Reise nach meinem Heimatlande sehen. Aber ich schulde Euch Leben und Gesundheit, und so will ich denn gebeten haben, wollet eine Dankesgabe, die ich durch sichere Hand aus der Heimat an Euch senden werde, nicht verschmähen.‘

‚So müßt Ihr wirklich fort, Meister Cyprianus!‘ rief die trauernde Frau. ‚Da wird mein liebreichster Tröster mich verlassen.‘

‚Klagt darüber nicht, Frau Gräfin!‘ entgegnete er; ‚die Gabe, von der ich sprach, ist ein speculum, zu deutsch ein Spiegel, unter sondrer Kreuzung der Gestirne und in der heilbringendsten Zeit des Jahres gefertigt. Wollet ihn in Eure Kammer stellen und dort nach Frauen Art gebrauchen, so dürfte er Euch bald bessere Kunde bringen, als die trügerischen Leute der Heide. – – Man hält mich‘, setzte der Greis geheimnisvoll lächelnd hinzu, ‚in meiner Heimat für nicht unkundig der Dinge der Natur.‘“ Die Erzählerin unterbrach sich. – „Ihr wisset wohl, gnädige Gräfin, daß der Name Cyprianus später im ganzen Norden als eines mächtigen Zauberers bekannt geworden ist. Die Bücher, die er geschrieben, hat man nach seinem Tode in dem unterirdischen Gewölbe eines Schlosses an Ketten gelegt, weil man geglaubt hat, es seien böse, das Heil der Seele gefährdende Dinge darin enthalten. Aber die das getan, haben sich geirrt, oder sie sind selbst nicht reinen Herzens gewesen; denn – wie Cyprianus während seines Aufenthalts in diesem Hause oft gesagt haben soll – ‚die Kräfte der Natur sind niemals böse in gerechter Hand.‘

Aber ich will in meiner Geschichte fortfahren. – Einige Monde später, nachdem der Meister unter trostvollem Zuspruch an die beiden Ehegatten das Schloß verlassen hatte, hielt eines Tages ein Wägelchen mit einer großen Holzkiste auf dem Hofe; und da der Graf und seine Gemahlin, welche in der Nachmittagsstunde müßig am Fenster standen, von Neugierde getrieben hinabgegangen waren, ward ihnen von dem Fuhrmann ein auf Pergament geschriebener Brief des Cyprianus überreicht. Die Kiste aber enthielt die bei seinem Abschiede verheißene Dankesgabe. – ‚Möge' – so lautete das Schreiben – ‚dieser Spiegel so viele Tage der Freude Eurem Leben zulegen, als er mich Stunden heiligster Arbeit gekostet hat. Wollet aber nicht vergessen, das Letzte in allen Dingen steht allezeit in der Hand des unergründlichen Gottes. – Nur eines ist zu verhüten. Niemals darf das Bild einer argen Tat in diesen Spiegel fallen; die heilsamen Kräfte, welche bei seiner Anfertigung mitgewirkt haben, würden sich sonst in ihr Widerspiel verkehren; insonders möchte den Kindern, so – das walte Gott! – Euch bald umgeben werden, daraus eine tödliche Gefahr erwachsen, und nur eine Sühne, aus des Übeltäters eignem Blut entsprossen, vermöchte die Heilkraft des Spiegels wiederherzustellen. Allein die Güte Eures Hauses ist so groß, daß solches nicht geschehen kann; und somit wollet in Hoffnung und Vertrauen diese Gabe aus der Hand eines dankbaren Freundes empfangen.'

Und wie der Meister es gewollt, in Hoffnung und Vertrauen empfingen die Ehegatten sein Geschenk. Als die Kiste in den Flur getragen und geöffnet war, zeigte sich zuerst ein Gestelle, künstlich in Bronze gearbeitet. Dann hob man den Spiegel heraus; ein hohes schmales Glas von einem wunderbar bläulichen Lichtglanz. ‚Ist es nicht, mein Gemahl', rief die Gräfin, die einen Blick hineingeworfen, ‚als liege die drinnen abgespiegelte Welt in sanftem Mondenschein?' Der Rahmen war von geschliffenem Stahl, in dessen tausenden Facetten der gefangene und gebrochene Lichtstrahl wie in farbigem Feuer blitzte.

Bald war das schöne Werk in dem Schlafgemach der Eheleute aufgestellt; und an jedem Morgen, während die Dienerin ihr das blonde Haar strählte oder die seidene Flechte in einen Knoten legte, saß die gute Gräfin mit gefalteten Händen vor dem Spiegel des Cyprianus und schaute andächtig und voll Hoffnung in ihr eigenes liebes Antlitz. Wenn aber die Frühsonne auf die Facetten des Rahmens leuchtete, dann saß das Bild der schönen Frau wie in einem Kranz von Sternenfunken. Oft nach seinem ersten Gange durch Feld und Wald trat ihr Gemahl wieder in das Schlafgemach und lehnte schweigend hinter ihrem Stuhl; und wenn sie ihn dann im Spiegel sah, so meinte sie jedesmal, daß seine Augen weniger finster blickten. Eine geraume Zeit war vergangen, als die Gräfin eines Morgens, da die Kammerzofe sie schon verlassen, im Vorübergehen noch einen Blick in den Spiegel tun wollte. Aber es schien ein Hauch auf dem Glase, so daß sie ihr Antlitz nicht deutlich zu sehen vermochte. Sie nahm ihr Schweißtüchlein und suchte es fortzuwischen; aber es half nicht; und sie sah nun wohl, daß es nicht ober- sondern innerhalb dem Glase war. Näherte sie sich dem Spiegel, so trat ihr Antlitz klar daraus hervor, wenn sie aber weiter zurücktrat, so schwamm es wie ein rosiger Duft zwischen ihr und ihrem Spiegelbilde. – Sinnend steckte sie ihr Tüchlein ein und ging den Tag über schweigend und voll stiller Ahnung im Hause umher, so daß ihr Gemahl, der ihr im Korridor begegnete, ausrief: ‚Was lächelst du denn so selig, Herzensfraue?' – Sie schwieg noch immer und legte nur die Arme um seinen Hals und küßte ihn.

Tag für Tag aber, wenn ihr Gemahl und die Dienerin sie verlassen, stand sie in der Einsamkeit vor dem Spiegel des guten Meisters, und mit jedem Morgen sah sie das Rosenwölkchen deutlicher hinter dem Glase schwimmen.

So war der Mai gekommen, und von draußen aus dem Gärtlein wehte der Veilchenduft durchs offene Fenster; da trat die gute Gräfin eines Morgens wieder vor den Spiegel. Kaum hatte sie hineingeblickt, da brach ein ‚Ach!' des Entzückens aus ihren Lippen und ihre Hände fuhren nach dem Herzen; denn in der Frühlingssonne, die hell in den Spiegel leuchtete, erkannte sie deutlich ein schlummerndes Kinderantlitz, das aus dem Rosenwölkchen

blickte. Mit verhaltenem Atem stand sie, sie konnte sich an dem Anblick nicht ersättigen.

Da hörte sie von draußen vor der Brücke Hörnerschall, und sie entsann sich, es müsse ihr Gemahl sein, der von der Jagd zurückkehrte. Sie schloß die Augen und blieb wartend stehen, bis er, gefolgt von seinem Hunde, zu ihr ins Gemach trat. Dann umfing sie ihn mit beiden Armen und, in den Spiegel zeigend, sprach sie leise: ‚Dich grüßt der Erbe deines Hauses!' – Nun hatte der gute Graf auch das kleine Antlitz in dem Rosenwölkchen erkannt; aber, der Freudenblitz aus seinen Augen verschwand auf einmal, und die Gräfin sah im Spiegel, wie er erblaßte. ‚Siehst du es denn nicht?' flüsterte sie.

‚Ich sehe es freilich, Herzensfraue', erwiderte er; ‚aber es erschreckt mich, daß das Kindlein weint.'

Sie kehrte sich zu ihm und wiegte das Haupt. ‚Du törichter Mann', sprach sie, ‚es schlummert, es lächelt ja im Traum.' Und so blieb es mit den beiden. Er ging in Sorge; sie aber rüstete heiteren Sinnes mit ihrer Schaffnerin die Wiege nebst den Daunenkissen und den kleinen zarten Gewändern für den künftigen Erben des Hauses. Mitunter, wenn sie vor dem Spiegel stand, streckte sie wohl wie in traumhafter Sehnsucht ihre Arme nach dem Rosenwölkchen aus, aber wenn dann ihre Finger an die kalte Spiegelfläche stießen, so ließ sie die Arme wieder sinken und gedachte an ein Wort des Cyprianus: ‚Es will alles seine Zeit.'

Und auch ihre Stunde kam. Das Wölkchen im Spiegel verschwand, und statt dessen lag ein rosiger Knabe auf dem weißen Leintuch ihres Bettes. Das gab große Freude im Schloß und drunten im Dorfe, und als der gute Graf morgens durch seine lachenden Fluren ritt, da ließ er dem wiehernden Goldfuchs die Zügel schießen und rief es jubelnd in den Sonnenschein hinaus: ‚Mir ist ein Sohn geboren!'

Nachdem die Gräfin als Sechswöchnerin ihren Kirchgang gehalten, sah man sie wiederum an warmen Sommertagen in die Kätnerhäuser des Dorfes gehen; nur daß sie jetzt nicht mehr in Leid auf die Bauernkinder herabsah. Sie stand oft lange und bückte sich zu ihnen und wies sie an in ihren Spielen; und wo sie einen recht kräftigen Jungen sah, da dachte sie auch wohl ‚Der Meine ist ihm doch noch über!‘

Aber, wie Cyprianus geschrieben hatte, das Letzte ruht in der Hand des unerforschten Gottes. – Mit dem Herbst fiel ein böses Fieber über das Dorf; die Menschen starben; doch ehe sie starben, lagen sie verschmachtend und Hilfe flehend auf ihrem Lager. Und die gute Gräfin ließ nicht auf sich warten. Mit den Arkanen des alten Meisters ging sie in die Hütten; sie saß an den Betten der Kranken, und wischte, wenn es zum Sterben ging, mit ihrem Tüchlein den letzten Schweiß von ihren Stirnen. Endlich aber, da der kleine Kuno die Hälfte seines ersten Jahres erreicht hatte, schritt der Tod, dem sie so manches Leben entrissen hatte, mit ihr selber nach dem Schloß hinauf; und, nachdem ihre armen Wangen im Fieber wie zwei dunkle Rosen gebrannt hatten, streckte er sie weiß und kalt auf ihrem Lager aus. Da war alle Freude ausgetan. Der Graf ritt mit gesenktem Haupt durch seine Fluren und ließ sein Roß die Wege, die es wollte, suchen. ‚Nun weiß ich, warum mein armes Knäblein schon vor der Geburt hat weinen müssen‘, so sprach er immer wieder bei sich selbst; ‚denn Mutterlieb' ist nur einmal auf der Welt.‘

Einsam stand der kunstreiche Spiegel in dem Schlafgemach; und wie oft auch die Frühsonne ihre Funken auf den Stahlkranz des Rahmens streute, das Bild der guten Gräfin saß nicht mehr darin. ‚Trage ihn fort!‘ sagte der Graf eines Morgens zu seinem alten Hausmeister; ‚das Blitzen tut meinen Augen weh!‘ – Der Hausmeister ließ den Spiegel in ein entlegenes Gemach des oberen

Stockwerkes bringen, was derzeit zur Aufbewahrung allerlei alten Gewaffens diente; und als die Diener, die ihn hinaufgetragen, sich entfernt hatten, holte der alte Mann ein schwarzes Bahrtuch vom Begräbnis der guten Gräfin und verhing damit das Kunstwerk des Meisters Cyprianus, so daß kein Lichtstrahl fürder es berühren konnte.

Allein der Graf war noch jung; und als ein paar Jahre ins Land gegangen waren und der kräftige Knabe anfing in den weiten Korridoren des Schlosses umherzutoben, da dachte der Graf: ‚Es ziemte sich, daß du deinem Sohne eine neue Mutter suchtest, die ihn aufzöge in edler Sitte, wie es sich für deinen Erben ziemt.‘ Und weiter dachte er: ‚Am Hofe des Kaisers sind viel holde Frauen; es sollte schlimm kommen, so du nicht die rechte fändest.‘ Auch eine Stimme war in seinen Ohren, die sprach: ‚Eine Mutter für das Kind, ein Weib für dich; denn Frauenliebe ist ein süßer Trank!‘

Und so, als wieder einmal der Mai gekommen war, wurde das Reisezeug gerüstet, und der Graf zog mit seinem Knaben, von stattlicher Dienerschaft begleitet, nach der großen Stadt Wien.

Lange blieben sie aus, und der alte Hausmeister ging in den hohen leeren Gemächern umher und ließ die Fenster aufsperren, damit das Geräte, das einst der guten Herrin gedient, in der eingeschlossenen Luft nicht zugrunde gehe. Endlich aber, da schon die Herbstfäden über die Felder flogen, langten nacheinander viele Kisten mit kostbaren Teppichen, goldgepreßten Ledertapeten und allerart modischen Dingen an, wie es von dem Gesinde dort nie zuvor gesehen war, und der Hausmeister erhielt Befehl, die großen Gemächer des Erdgeschosses für die neue Herrin zu bereiten.“

Die alte Erzählerin hielt einige Augenblicke inne; denn der kleine Kranke hatte im Schlaf das Deckbett abgestoßen. Dann aber, als sie ihn sorgfältig wieder zugedeckt, und da der Knabe fortschlief, begann sie wieder:

„Ihr kennt sie, gnädige Gräfin; das lebensgroße Frauenbild, das im Rittersaal oben neben dem Kamin hängt, soll ihr ähnliches Konterfei sein. Es ist ein Füchschen mit goldrötlichem Haar, wie sie den Männern, insonders den älteren, so gefährlich sind. Ich habe sie mir oft drauf angesehen; wie sie den Kopf so leicht zurückwirft, und wie der Mund so süß und hinterhältig lächelt und das goldfarbige Haar in freien Liebeslocken über den weißen Nacken weht, da hätte vielleicht auch ein kühleres Blut, als das des guten Grafen nicht zu widerstehen vermocht. – Ich will nur das noch sagen, sie ist eine junge Witib gewesen; und soll ein Kind aus dieser ersten Ehe, ein Töchterlein, bei den Verwandten ihres verstorbenen Gemahls in der Kaiserstadt zurückgelassen haben. So viel ist gewiß, auf das Schloß hier ist diese Tochter nie gekommen.

Nun aber! Endlich rasselten die Wagen in den Schloßhof; und das versammelte Gesinde sah staunend zu, wie der Graf und eine fremdredende Kammerjungfer der Dame aus dem Wagen halfen. Und als sie nun in ihrem mandelfarbenen Seidenkleide mit leichtem Kopfneigen die Treppe emporschritt, da hörte ihr feines Ohr manch leis geraunter bewunderndes Wort über die Schönheit der neuen Herrin.

Erst als die Dame in der Tür verschwunden war, kam aus dem nachfolgenden Gesindewagen der kleine Kuno hervorgeklettert. ‚Ei, Junker', rief eine rotwangige Magd ihm zu, ‚habt Ihr eine schöne Mutter jetzt!' Aber der Knabe runzelte die Stirn und sagte trotzig: ‚Es ist nicht meine Mutter!' Und der alte Hausmeister, der eben von der Begleitung der Herrschaft zurückkam, sagte finster zu der Dirne: ‚Siehst du denn nicht, daß das der Sohn der guten Gräfin ist!' Und dem Knaben zärtlich in die blauen Augen sehend, nahm er ihn auf seinen Arm und trug ihn in sein väterliches Haus.

Dort waltete denn von nun an die fremde Frau. Das Gesinde pries ihre Leutseligkeit und die Armen im Dorfe meinten bald, sie habe eine noch freigebigere Hand als die Verstorbene; nur auf die Kinder sehe sie gar nicht, und auch seine Not könne man ihr so nicht klagen, wie einst der guten Gräfin. – Während sie aber die meisten der Schloßbewohner mit ihrer Schönheit bestrickte, hatte der Hausmeister nur kalte Blicke für sie; es mißfiel ihm, daß sie auch an Werktagen, wie er sagte, ‚geschmückt wie eine Jesabel' einherging. Er traute den Liebkosungen nicht, womit sie zuweilen in seiner und des Grafen Gegenwart den kleinen Kuno überschüttete. Und auch den Knaben selbst gewann sie nicht damit; er hatte für sie nichts, als ein schweigendes Anstarren; und wenn ihre Arme und Augen ihn losließen, so rannte er hinaus ins Freie, holte seine kleine Armbrust und schoß nach einem Holzvogel, den der Hausmeister ihm geschnitzt hatte; oder er saß abends in der Stube seines alten Freundes und bilderte in einem großen Buche von den Freuden des edlen Weidwerks. – Der gute Graf aber sah nichts, als die Schönheit seines Weibes. Wenn er in das Zimmer und ihr entgegentrat, so stand sie lächelnd, bis er sie umfing; hatte sie der Tür den schönen Nacken zugewandt, so hob sie wohl das Handspieglein, das ihr an güldner Kette vom Gürtel herabhing, aus den Falten ihres Seidenrockes und nickte dem Eintretenden daraus entgegen.

Als aber das Frühjahr wiederkam, da befiel den Knaben ein Fieber, das er sich im feuchten Moose des Waldes geholt hatte, und er lag in unruhigem Krankenschlummer in seinen Kissen. Neben dem Bette stand der Stuhl der guten Gräfin mit der geschnitzten Lehne und dem blauen Sammetpolster, auf dem sie so oft vor dem Spiegel des Meisters Cyprianus gesessen hatte, einst als in der Frühlingsluft die Veilchendüfte zu ihr ins offene Fenster wehten. Jetzt blühten draußen wieder einmal die Veilchen; aber der Stuhl stand leer. Die schöne Stiefmutter war zwar auch zugegen und saß neben dem Grafen zu

Füßen des kleinen Bettes; denn sie sah es wohl, wie der Vater um sein Kind sorgte und wollte es an sich nicht fehlen lassen. Da rief der Knabe aus seinem Fieber: ‚Mutter, Mutter!' und hob sich mit offenen Augen aus seinen Kissen. ‚Hörst du, mein Gemahl!' sagte die schöne Frau; ‚unser Sohn verlangt nach mir!' Als sie aber aufstand und sich zu ihm neigte, da streckte das Kind an ihr vorbei seine Arme nach dem leeren Stuhl der guten Gräfin.

Der Graf erblaßte, und von dem Leid plötzlicher Erinnerung bezwungen, fiel er neben dem Bette seines Sohnes in die Knie. Die stolze Frau trat zurück und indem sie heimlich die kleine Faust um ihren Gürtel ballte, verließ sie das Gemach, um es nicht wieder zu betreten. Doch der Knabe wurde gesund auch ohne ihre Pflege.

Bald darauf, als draußen die Rosenknospen ausschlugen, genas die Gräfin eines Söhnleins. Der Graf aber wußte nicht, weshalb es ihm so schwer aufs Herz fiel, als der kleine Kuno ihm mit dieser Nachricht entgegensprang. Zwar ließ er auch jetzt sein Roß aus dem Stalle führen, um mit seinen Gedanken in die Heide hinauszureiten; aber nicht um sie jubelnd über Flur und See zu rufen. Als er eben im Bügel saß, hob der alte Hausmeister den kleinen Kuno zu ihm auf den Sattel und sagte: ‚Vergeßt den Sohn der guten Gräfin nicht!' Der Vater schloß die Arme um sein Kind und ritt mit ihm bergauf und -ab, bis die Sonne hinabgesunken war; als sie aber bei der Heimkehr unter den Fenstern der Kapelle vorüberritten, in der die gräflichen Grabgewölbe waren, da ließ er sein Roß langsamer gehen und raunte in das Ohr des Knaben: ‚Vergiß ihrer nicht; denn Mutterlieb' ist nur einmal auf der Welt!' – Als bei seinem Eintritt in das Zimmer der Wöchnerin die Wartefrau den Neugeborenen in seine Arme legte, überfiel ihn aufs neue das Heimweh nach der Toten, und er wußte es plötzlich, daß sie doch allein die Frau seines Herzens gewesen war; der

Knabe, obwohl sein eigen Blut, war ihm wie fremd, weil er nicht auch aus ihrem Blute war. Die Augen der Gräfin, welche bald schöner als je aus ihren Wochen erstanden war, übten fürder keinen Zauber mehr auf ihn. Einsam ritt er durch die Felder; ein Wort des Meisters Cyprianus stand wie in dunkler Schrift vor seinen Augen: ‚Rückwärts zu leben ist auch durch Gottes Hilfe nicht vergönnt!'

Indessen wuchsen die beiden Knaben zusammen auf, und bald zeigte sich eine große Liebe zwischen ihnen. Als der kleine Wolf erst mit ins Freie konnte, wurde Kuno sein Lehrer in allen Künsten, die von den Knaben geübt werden. Er ließ ihn über Felsen und auf Bäume klettern, er schnitzte ihm die Bolzen für seine kleine Armbrust und schoß mit ihm nach der Scheibe oder wohl gar nach dem unerreichbaren Raubvogel, der über ihnen im Sonnenglanz revierte.

So war wieder einmal der Winter herangekommen, als eines Abends ein Mann in der Uniform eines kaiserlichen Feldobristen mit seinem Diener in den Schloßhof geritten kam. – Hager hat er geheißen, und ein hagerer knochiger Mann soll es gewesen sein, mit eckiger Stirn und kleinen grimmigen Augen; der struppige strohgelbe Bart – so heißt es – habe ihm wie Strahlen vom Kinn und von den Nasenflügeln abgestanden. Er nannte sich einen Vetter von dem ersten Gemahl der Gräfin und war, wie er sagte, nur auf Besuch gekommen; aber er blieb von einer Woche in die andere und wurde allmählich als ein ständiger Hausgenosse angesehen. – Der Graf hatte sich anfänglich um den Besuch gar nicht gekümmert; aber der Obrist zeigte sich bald als einen Meister des edlen Weidwerks, und als der erste Schnee gefallen war, zogen die beiden Männer zusammen in das Tannendickicht, und von nun an hörte man fast täglich das Toben der Rüden und das ‚Ho Ridoh' der Jäger durch den stillen Wald. Da eines Nachmittags bei einer Sauhatz tönte das

Hifthorn des Obristen aus einem entlegenen Talgrunde, wohin er ohne Gefolge mit dem Grafen sich verloren hatte, und als der Rüdenmann und die Jäger, dem Rufe folgend, dort zusammentrafen, sahen sie das Wildschwein verendet zwischen den Tannen liegen; daneben aber lag auch der Graf in seinem Blute. Der Obrist stand auf seinen Jagdspeer gelehnt, das Hifthorn in der Hand. ‚Eure Saufedern taugen nichts', sagte er kurz, ‚der Keiler hat sie abgeschlagen'; und, als alle von Schreck gelähmt dastanden, blitzte er sie mit seinen kleinen grimmigen Augen an: ‚Was steht ihr noch! Brecht Zweige zu einer Bahre und tragt euren Herrn ins Schloß!' Und die Leute taten, wie er befohlen hatte. Der Graf aber ist nicht wieder mit dem Oberst auf die Jagd gezogen. Denn als der alte Hausmeister den Reitknecht nach einem Arzt entsenden wollte, damit die Wunde untersucht würde, erhielt er den Bescheid, der Arzt sei nimmer nötig, der Graf sei schon verschieden.

Und bald ruhte er im Grabgewölbe bei seiner guten Gräfin, und der kleine Kuno war ein vater- und mutterloses Kind. Der Obrist aber blieb nach wie vor im Schlosse, und die Gräfin duldete es, daß unmerklich ein Stück des Hausregiments nach dem andern in seine Hand ging. Das Gesinde murrte zwar, wenn er sie mit seiner scharfen Stimme anherrschte; aber sie wagten es gleichwohl nicht sich dem grimmen Manne zu widersetzen. – Auch mit den beiden Knaben machte er sich zu schaffen. Eines Morgens, als Kuno in den Stall hinabkam, stand neben dem Rappen des Obersten ein kleines schwarzes Nordlandsroß mit roter goldgestickter Schabracke. ‚Das ist dein eigen', sagte der Oberst, der mit hineingetreten war, ‚klettere hinauf, so zeig ich dir, wie ein Mann zu Pferde sitzen muß.' Bald sorgte er, daß auch der kleine Wolf ein Roß bekam, und nun lehrte er die beiden reiten nach den Regeln der Kunst. Nicht lange, so sah man den hageren Obristen auf seinem hochbeinigen Rappen zwischen den beiden Knaben auf ihren kleinen Nordlandsrossen über die Felder reiten. Aber seltsame Reden waren es, die er dabei mit ihnen führte. Wenn sie, wie es bei Kindern geschieht, einmal in Zank gerieten, so bückte er sich von seinem hohen Rappen und flüsterte dem ältern zu: ‚Du bist der Herr; vom Hof kannst du den Burschen jagen!' und darauf zu dem jüngern nach der andern Seite: ‚Er will's dir zeigen, daß du auf seinem Grund und Boden reitest!' Aber dergleichen Worte bewirkten nur, daß die Knaben sogleich von ihrem Streite abließen, ja wohl gar von ihren Rossen sprangen und sich weinend in die Arme fielen.

Der Obrist sah scharf; er hatte es wohl bemerkt, wie die Augen der schönen Gräfin, wenn sie den Stiefsohn mit ihrem eignen aus der Tür gehen sah, von plötzlicher Finsternis befallen wurden, und wie dann ihre Blicke dem Fortgehenden hastig und feindselig nachjagten.

An einem sonnigen Nachmittage stand er mit ihr in dem Würzgärtlein, wo einst die gute Gräfin der Weisheit des Meisters Cyprianus gelauscht hatte. Als die stolze Frau über die Ringmauer auf die untenliegenden Wälder und Auen hinaussah, sagte er lauernd: ‚Der Kuno tritt eine schöne Herrschaft an, wenn er zu seinen eigenen Jahren kommt.' Und als sie schwieg und nur mit finstern Augen in die Ferne starrte, setzte er hinzu: ‚Euer Wolf ist ein zartes Pflänzlein, aber der Kuno scheint fürs Regiment geboren; langlebig und handfest schaut er aus.'

In diesem Augenblicke kamen auf der Wiese, die in der Tiefe unterhalb des Gärtleins lag, die beiden Knaben auf ihren Rossen dahergeflogen. Sie ritten so dicht nebeneinander, daß die braunen Locken Kunos mit den blonden des kleinen Wolf zusammenwehten. Das Roß des letztern schüttelte die Mähne und wieherte laut in den Sonnenschein hinaus. Da erschrak die Mutter und stieß einen Schrei aus; aber Kuno schlang den Arm um seinen Bruder, indem sie vorübertrabten, warf er einen stolzen leuchtenden Blick zu den Obenstehenden hinauf.

‚Wie gefallen Euch diese Augen, schöne Gräfin?' fragte der Oberst.

Sie stutzte und streifte mit einem unsichern Blick über ihn hin. ‚Wie meint Ihr das?' flüsterte sie dann.

Er aber, die Hand am Kinn, erwiderte ebenso: ‚Rechnet auf mich, schöne Frau; der Oberst Hager ist Euer treuergebener Knecht.'

Da rannte sie, und er sah, wie ihr Antlitz totenbleich wurde; ‚Die Augen würden mir besser noch gefallen, wenn sie geschlossen wären.'

‚Und was gäbt ihr drum, wenn Ihr sie in solcher Schönheit erblicken könntet?'

Sie legte einen Augenblick ihre weiße Hand in die seine; dann warf sie die glänzenden Locken zurück, und schritt, ohne sich umzublicken, aus dem Gärtlein.

Als eine Stunde später der kleine Kuno durch die Korridore des obern Stockwerks streifte, sah er den Obristen in einer Fensternische stehen. Der Knabe wollte vorüber; denn der Mann schaute so unheimlich drein. Aber er wurde angerufen: ‚Wohin rennst du, Junge?'

‚Nach der alten Rüstkammer'; sagte Kuno, ‚ich wollte meine Armbrust holen.'

‚So gehe ich mit dir.' Und der Oberst schritt neben dem Knaben her bis zu dem entlegenen Gemache, wo noch immer mit dem schweren Bahrtuch verhangen unter allerlei Gewaffen der Spiegel des Cyprianus stand. Als sie eingetreten waren, schob der Oberst den Eisenriegel vor und stellte sich mit dem Rücken gegen die Tür. Da aber der Knabe die wilden Augen des Mannes sah, schrie er: ‚Hager, Hager, du willst mich töten!'

‚Du kannst nicht übel raten', sagte der Oberst und griff nach ihm. Aber der Knabe sprang unter seinen Händen fort und riß seine gespannte Armbrust von der Wand, die er tags vorher dorthingehangen hatte. Er schoß, und den Eindruck seines Bolzen könnt Ihr noch heutzutage in dem schwarzen Eichengetäfel sehen; aber den Obristen traf er nicht.

Da warf er sich in die Knie und rief: ‚Laß mich leben; ich schenke dir mein kleines Nordlandsroß und auch das schöne rote Sattelzeug!‘

Der finstere Mann stand mit untergeschlagenen Armen vor ihm. ‚Dein Nordlandsroß‘, erwiderte er, ‚läuft mir noch lange nicht schnell genug.‘

‚Lieber Hager, laß mich leben!‘ rief der Knabe wieder; ‚wenn ich groß bin, will ich dir mein Schloß geben und alle schönen Wälder, die dazu gehören!‘

‚Die will ich bälder noch bekommen‘, sagte der Oberst.

Da senkte der Knabe das Haupt und rief. ‚So ergebe ich mich in die Allbarmherzigkeit Gottes!‘

‚Das war das rechte Wort!‘ sagte der böse Mann. Aber der Knabe sprang noch einmal auf, und flog an den Wänden des Gemaches entlang; der Oberst jagte ihn wie ein Wildbret. Als sie aber an den verhangenen Spiegel kamen, verwickelte der Knabe seine Füße in dem Bahrtuch, daß er jählings zu Boden stürzte. Da war auch der böse Mann über ihm. – –

In demselben Augenblick – so wird erzählt – als dieser zum Faustschlage ausholte und der Knabe die kleinen Hände schützend über seinem Herzen kreuzte, stand der alte Hausmeister tief unten im hintersten Verschlag des Kellers, wo ein Knecht mit der Abzapfung eines Fasses Ingelheimer beschäftigt war. ‚Hast du nichts gehört, Kaspar?‘ rief er und setzte das Lämpchen, das er in der Hand gehalten, auf das Faß.

Der Knecht schüttelte den Kopf.

‚Mir war‘, sagte der Alte, ‚als hörte ich den Junker Kuno meinen Namen rufen.‘

‚Ihr irrt Euch, Meister‘, erwiderte der Knecht; ‚hier unten hört sich nichts!‘

Eine Weile stand es an; da rief der Alte wieder: ‚Um Gott, Kaspar, da hat es nochmals mich gerufen; das war ein Notschrei aus meines Junkers Kehle!‘

Der Knecht fuhr in seiner Arbeit fort. ‚Ich hörte nur den roten Wein vom Fasse rinnen', sagte er.

Der Alte aber ließ sich nicht beruhigen; er stieg in das Schloß hinauf; er ging von Tür zu Tür, erst in dem Erdgeschoß und dann droben in dem oberen Stockwerk. Als er die Tür der entlegenen Rüstkammer öffnete, da leuchtete ihm der Spiegel des Cyprianus entgegen, auf den die Abendsonne schien. ‚Wes ruchlose Hand hat denn das herabgerissen?' murrte der Alte; als er aber das Bahrtuch vom Boden hob, sah er darunter den Leichnam des Knaben, und sah die dunkeln Locken über den geschlossenen Augenlidern liegen.

Der alte Mann stürzte in die Knie und warf sich jammernd über ihn. Er löste die Kleider und suchte an dem Körper seines Lieblings nach der Spur des Todes. Aber er fand nichts, als nur über dem Herzen einen dunkelroten Flecken. Lange blieb er noch finster und grübelnd auf den Knien liegen. Dann hüllte er den Knaben in das Bahrtuch, nahm ihn auf seine Arme und trug ihn in das Erdgeschoß hinab nach dem Zimmer der Gräfin. Als er eintrat, sah er die stolze Frau todbleich und zitternd vor dem Obersten stehen, der, wie es schien, halb mit Gewalt ihre Hand erfaßt hielt.

Da legte der Alte den Leichnam zwischen die beiden auf den Boden, und fest die Augen auf sie heftend, sprach er: ‚Der Erbherr Graf Kuno ist tot; Euer Söhnlein, Frau Gräfin, ist jetzt der Erbe dieser Herrschaft.'

Es mochte ein Monat nach dem Begräbnis des jungen Erbherrn sein, da lehnte die Gräfin eines Nachmittags an dem Geländer eines kleinen Söllers, der über der Tiefe schwebend von ihrem Zimmer den Austritt in die freie Luft gestattete. Der kleine Wolf stand neben ihr und betrachtete eine Schar von Vögeln, welche in den Wipfeln der von unten heraufragenden Föhren und Eichen mit lautem Geschrei ihr Wesen trieben.

‚Sieh nur!‘ sagte die Gräfin. ‚Sie beschreien den Kauz; dort sitzt er neben dem Astloch in der Eiche.‘ Und sie wies mit dem Finger vor sich hin.

Des Knaben Augen folgten mit Begierde. ‚Ich seh ihn schon, Mutter‘; sagte er; ‚das ist der Totenvogel; er schrie vor meinem Fenster, als der arme Kuno starb.‘

‚Hol deine Armbrust, und schieß ihn!‘ sagte die Mutter.

Der Knabe sprang aus dem Zimmer, die Treppen hinab und in den Stall. Dort lag die Armbrust neben seinem kleinen Roß. Aber die Sehne war zerrissen; er hatte sie lange nicht gebraucht; denn Kuno war nicht mehr da, der ihm die Bolzen schnitzte und den Holzvogel auf die Stange steckte. – Da lief er in das Schloß zurück. Er entsann sich, daß der Bruder seine Armbrust oben in der Rüstkammer aufzuhängen pflegte. Als er dort in dem entlegenen Teile des Schlosses angekommen war und sich mit Mühe durch die schwere Eichentür gedrängt hatte, leuchtete ihm der Spiegel des Cyprianus mit seinem bläulichen Schein entgegen. Die Stahlfacetten des Rahmens blitzten im letzten Strahl der Abendsonne. Der Knabe hatte das noch nie gesehen; denn, wenn er auch einmal mit dem Bruder hiehergekommen, so war doch das Kunstwerk stets mit dem schweren Bahrtuch verhangen gewesen. Jetzt stand er davor und besah staunend sein eigenes Bild in diesem Glanze; er schien die Armbrust ganz vergessen zu haben. – Es mußte indessen außer ihm selbst noch etwas in dem Spiegel sein, das seinen ganzen Sinn gefangennahm; denn er kniete nieder und legte die Stirn an das Glas, um so nahe, als möglich hineinzuschauen.

Plötzlich aber griff er mit beiden Händen nach dem Herzen. Dann sprang er mit einem Wehschrei in die Höhe. ‚Hilfe!‘ schrie er, ‚Hilfe!‘ und noch einmal mit durchdringendem Zeter: ‚Hilfe!‘ Da hörte es die Mutter unten auf dem Söller; und in Todesangst irrte sie von Gang zu Gang, von Tür zu Tür. ‚Wolf! Wo bist du, Wolf?‘

rief sie; ‚so gib doch Antwort!‘ Und endlich kam sie in die rechte Tür. Da lag ihr Kind sich im Todeskrampfe auf dem Boden windend.

Sie warf sich über ihn. ‚Wolf! Wolf! Was ist geschehen?‘ rief sie.

Der Knabe regte die verblaßten Lippen. ‚Es hat mir einen Schlag aufs Herz getan‘, stammelte er.

‚Wer, wer tat es?‘ flüsterte die Mutter. ‚Wolf, sprich nur ein einziges Wort noch; wer hat das getan?‘

Der Knabe wies mit erhobenem Finger in den Spiegel. – Und, das sterbende Kind in ihren Armen haltend, blickte sie vorgebeugt in das Glas des Cyprianus. Aber während des Schauens trat das Entsetzen in ihr Angesicht, und ihr lichtblaues Auge wurde steinern wie ein Diamant. Denn bei dem Abendschein, der durch die trüben Fenster brach, sah sie im tiefsten Grunde wie zusammengeballten Nebel die Gestalt eines Kindes; wie trauernd kauerte es am Boden und schien zu schlafen. Sie warf einen scheuen Blick hinter sich in das Zimmer; aber dort lag nur die Dämmerung in den Winkeln. Wieder, als ob es sie bannte, blickte sie mit gespannten Augen in den Spiegel, und noch immer war es dort. – Da fühlte sie den Kopf des kleinen Wolf ihren Armen entgleiten, und in demselben Augenblicke sah sie einen leichten Rauch gegen das Spiegelglas ziehen. Wie ein Hauch lief es darüber hin. Dann wurde das Glas wieder klar; aber hinter demselben zog es wie ein graues Wölkchen in die Tiefe; und jetzt plötzlich sah sie dort im Grunde des Spiegels zwei kleine Nebelgestalten, die sich umschlungen hielten.

Mit einem Schrei sprang die Gräfin empor; ihr Sohn lag regungslos mit wachsbleichem Antlitz; die offenstehenden blauen Lippen verkündeten den Tod. – Sie riß das seidene Wams von seiner Brust; da sah sie den dunkelroten Fleck auf seinem Herzen, den sie kurz zuvor auf der Brust des kleinen Kuno gesehen hatte. ‚Hager,

Hager!‘ schrie sie – denn das Geheimnis des Spiegels war ihr unbekannt – ‚das ist deine Faust! Der war dir auch im Wege; aber noch bist du nicht der Herr im Schloß; und ich schwör’s, du sollst es nimmer werden!‘

Sie ging hinab; sie suchte ihn; aber der Oberst war eben zur Jagd auf ein benachbartes Schloß geritten und hatte auf den morgenden Tag seine Rückkunft angesagt.

Der plötzliche Tod auch des letzten Grafensohnes verbreitete einen dumpfen Schrecken unter dem Gesinde. Auf Treppen und Gängen standen sie und raunten miteinander, und, wenn die Gräfin nahte, stahlen sie sich scheu von dannen. Es wurde Nacht. Der Leichnam des kleinen Wolf war hinabgetragen, und lag ausgestreckt auf seinem Bettchen in der Kammer. Aber der Gräfin ließ es bei dem Toten keine Ruh. Im hellen Mondenschein, während alles schlief, stieg sie hinauf nach der Rüstkammer. Dort stand sie vor dem Spiegel, der in blauem Schimmer leuchtete, blickte mit starren Augen hinein und wand die Hände umeinander. Dann wieder, als jage sie ein plötzliches Grausen, stürzte sie aus dem Gemach und rannte durch alle Gänge, bis sie die Tür ihres Schlafgemachs erreicht und hinter sich ins Schloß geworfen hatte. – So verging die Nacht.

Als am andern Morgen der Hausmeister in das Zimmer der Gräfin treten wollte, hörte er hart und heftig drinnen reden. Er erkannte die Stimme des Obristen, der eben zurückgekehrt war; und bald antwortete die Gräfin in gleicher Weise. Es waren Worte tödlichen Hasses, die der Alte hörte. Kopfschüttelnd trat er von der Tür zurück. ‚Das sind die Gerichte Gottes!‘ sprach er, und stieg ein paar Treppen höher nach der Platte des runden Turmes hinauf; denn ihm war, als müsse er Gottes freie Luft schöpfen.

Er lehnte sich über die Brüstung und blickte in den sonnigen Morgen hinaus. ‚Wie schön die Wälder grünen!‘ sprach er vor sich hin. ‚Und sie sind alle tot! Die gute Gräfin und der Graf, mein Junker Kuno und nun auch der kleine Wolf!' – Da hörte er unten auf dem Hofe ein Pferd aus dem Stalle ziehen: nicht lange darauf, so donnerte der Galoppschlag über die Zugbrücke; dann weniger hörbar draußen auf dem Wege, und drüberhin aus den Kronen der alten Eichen, die zur Seite standen, flogen die Raben krächzend in die Luft.

In demselben Augenblicke kam von unten herauf ein Geschrei der Weiber; und als der Alte hinabgestiegen war, drang es von allen Seiten auf ihn ein, die Gräfin liege erschlagen in ihrem Blute. – ,Wo ist der Oberst?' fragte der Hausmeister. ,Fort ist er!' rief der Reitknecht, der vom Hofe heraufkam, ,mitsamt seinem hochbeinigen Rappen.'

Rasch wurde die Verfolgung von dem Alten angeordnet, aber am andern Morgen kamen alle auf schaumbedeckten Rossen unverrichteter Sache wieder heim. – ,So laßt uns denn die Toten begraben'; sprach er, ,und einen Boten senden an den neuen Herrn dieser schönen Güter!'

Und so geschah es", – schloß die Erzählerin ihren Bericht – „die Herrschaft kam an einen Vorfahren Eures Gemahls, welcher der nächste war dem Blute nach. Der alte Hausmeister soll noch lange nach seinem Antritt dort unten in dem Torhäuschen gewohnt haben, ein treuer Wächter an der Gruft seiner geliebten Herrschaft."

„Das ist eine entsetzliche Geschichte!" sagte die Gräfin, als die Amme schwieg. „Aber hast du nicht gehört, wie der erste Gemahl jener unglücklichen Frau geheißen hat?"

„Freilich", erwiderte die Alte, „ihr Witwenname steht auf dem Rahmen des Bildes." Und hierauf nannte sie eines der ersten Adelsgeschlechter.

„Seltsam!" sagte die Gräfin; „so ist sie meine Urahne!"

Die Alte schüttelte den Kopf. „Unmöglich", sagte sie, „Ihr, Frau Gräfin, aus dem Blute jener bösen Frau?"

„Es ist völlig gewiß, Amme; jene Tochter, die in Wien zurückblieb, wurde die Frau eines meiner Vorfahren.“ – –

Das Gespräch wurde durch den Eintritt des Arztes unterbrochen. Der Knabe lag nach wie vor in todähnlichem Schlummer und erwachte auch nicht, als die Hand des Arztes an seinen kleinen Gliedern nach der Spur des Lebens forschte.

„Nicht wahr, er wird genesen?“ sagte die Gräfin, indem sie angstvoll in das verdrossene Gesicht des Arztes blickte.

„Die Frage ist zuviel für einen Menschen“, erwiderte dieser; „aber Frau Gräfin müssen schlafen; das ist ganz notwendig.“ Und als sie Gegenvorstellungen machte, fuhr er fort: „Es wird sich bis morgen mit dem Kranken nichts ereignen, ich hafte dafür; die Amme kann die Krankenwache halten.“

Endlich war sie überredet und begab sich in ihr Schlafgemach, da der Arzt erklärt hatte, das Haus nicht verlassen zu wollen, bis er dessen gewiß sei.

Als die Alte mit diesem allein war, fragte sie: „Seid Ihr dessen sicher, daß Frau Gräfin ruhig schlafen mag?“

„Für die angegebene Zeit, ja.“

„Und dann, Herr Doktor?“

„Dann, wenn Eure Herrschaft geschlafen hat, so mögt Ihr sie vorbereiten; denn der Knabe muß sterben.“

Die Alte blickte mit festen Augen auf den Arzt. „Ist das ganz gewiß?“ fragte sie.

„Ganz gewiß, Amme; es müßte denn ein Wunder geschehen.“ – –

Der Arzt hatte sich entfernt; und statt der Gräfin, teilte jetzt eine junge Magd die Krankenwache mit der Alten. – Diese stützte den Kopf auf den Rand des Bettes und betrachtete das bleiche Antlitz des kleinen Kuno, in das der Tod schon seine scharfen Züge grub. „Ein Wunder!“ murmelte sie ein paarmal; „ein Wunder!“

Da regte der Knabe sich auf seinem Kissen. „Ich will mit den Kindern spielen!" flüsterte er.

Die Alte riß die Augen auf. „Mit was für Kindern?" fragte sie leise.

Und der Knabe sagte ebenso im Schlaf. „Mit den Spiegelkindern, Amme!"

Sie schrie fast auf. „Unglückskind, so hast du in den Spiegel des Cyprianus gesehen! – – Aber der soll ja in der Sakristei stehen; und die Sakristei ist ja vermauert!" – Sie sann einen Augenblick; dann sagte sie zu dem Mädchen: „Hol mir den Vinzenz, Ursel!"

Vinzenz, der Reitknecht, kam. – „Bist du neulich bei dem Bau in der Kapelle gewesen?" fragte die Alte.

„Ich bin jeden Tag dort."

„Ist die Sakristei auch eingerissen?"

„Das geschah schon vor vierzehn Tagen."

„Hast du einen Spiegel dort gesehen?"

Er besann sich. „Nun freilich, es steht dort einer im Winkel; der Rahmen scheint von Stahl; aber der Rost hat ihn zerfressen."

Die Alte gab ihm einen großen Teppich. „Verhänge den Spiegel sorgsam!" sagte sie; „dann laß ihn hierher ins Zimmer tragen. Aber leise, damit der Knabe nicht erwacht."

Vinzenz ging; und bald wurde von ihm und einem Arbeiter ein hohes mit dem Teppich verhangenes Gerät in das Zimmer getragen.

„Ist das der Spiegel, Vinzenz?" fragte die Amme; und als er es bejaht hatte, fuhr sie fort: „Stellt ihn zu Füßen des Bettes, so daß der kleine Kuno hineinblicken kann, sobald der Teppich fortgenommen ist."

Nachdem der Spiegel aufgestellt war und die Träger sich entfernt hatten, setzte die Alte sich wieder an die Seite des Bettes. „Ein Wunder muß geschehen!" sprach sie vor sich hin. Dann saß sie mit geschlossenen Augen wie ein steinern Bild; unsichtbar aber kämpften in ihr

Furcht und Hoffnung. Sie harrte auf die Rückkunft der Gräfin; aber wie lang mußte sie noch warten, bis der Schlaf die ganz verwachte Frau verlassen haben würde.

Da tat sich die Tür auf, und die Gräfin trat herein. „Es hat mich nicht schlafen lassen, Amme“, sagte sie; „verzeih es mir! Du bist so treu und gut, und verständiger wohl als ich; und doch ist mir, ich dürfte das Bett des Kindes nicht verlassen.“

Die alte Frau antwortete nicht darauf. „Sagt mir noch einmal, Frau Gräfin“, sagte sie, und das Herz schlug ihr so gewaltig, daß sie die Worte kaum herausbrachte, „seid Ihr dessen ganz gewiß, daß jene böse Frau Eure Urahne gewesen ist?“

„Ich bin dessen ganz gewiß. Aber weshalb fragst du, Amme?“

Die Alte stand auf; und mit fester Hand riß sie den Teppich von dem Spiegel.

Die Gräfin schrie laut auf. „Mein Kind, mein Kind! Das ist der Spiegel des Cyprianus!“ – Als sie aber einen Blick in den sanften Schein des Glases geworfen hatte, da sah sie darin den kleinen Kuno mit offenen Augen auf seinem Kissen liegen; sie sah ihn lächeln, und wie ein Hauch flog das Rot der Gesundheit auf seine Wangen. Sie wandte sich um; da saß er schon aufrecht, frisch und blühend.

„Die Kinder, die Kinder!“ rief er mit heller klingender Stimme und streckte die Arme nach dem Spiegel aus.

„Wo sind sie?“ fragte die Gräfin.

„Dort, dort!“ rief die Alte. „Seht nur, sie lächeln, sie nicken; ach! und sie haben Flügel; zwei Englein sind es!“

„Was sprecht Ihr?“ sagte die Gräfin; „ich sehe sie ja nicht.“

„Dort, dort!“ rief wieder der kleine Kuno. – „Ach!“ setzte er traurig hinzu, „nun sind sie fortgeflogen.“

Da sank die alte Amme auf den Stuhl zurück. „Unser Kuno ist gerettet!“ rief sie und brach in lautes Schluchzen aus. „Eure Liebe hat das getan und hat den Fluch hinweggenommen von dem Werke des alten Meisters!“

Die Gräfin aber stand und blickte selig lächelnd in den Spiegel. Auf seiner Fläche schwamm wie Duft ein Rosenwölkchen, und deutlich schimmerte ein schlummerndes Kinderantlitz daraus hervor. „Wolf soll es heißen, wenn's ein Knabe ist; Wolf und Kuno!“ flüsterte sie leise. „Und laß uns beten, Amme, daß sie glücklicher werden als die, so einstens ihre Namen trugen!“

Die Märchen Theodor Storms

(1817–1888)

Mit spöttelnden Bemerkungen hielt sich Theodor Fontane nicht zurück, als er acht Jahre nach dem Ableben Theodor Storms dessen literarisches Schaffen als „Provinzialsimpelei“ und „lokalpatriotische Husumerei“ charakterisierte. Konnte der Berliner Großstadtbürger Fontane doch nicht ahnen, dass sich ausgerechnet auf diese vermeintliche Schwäche, die Vergötterung eines provinziellen Landstrichs an Deutschlands Küste, Storms herausragender Platz in der Literaturgeschichte stützen würde.

Als unverrückbares literarisches Monument gehören Storms Novellenschatz sowie seine Natur- und Liebeslyrik noch heute zum selbstverständlichen Pflichtrepertoire in jedem Deutschunterricht. Und jeder Schüler weiß: Theodor Storm lebte in Husum, oder zumindest doch ganz im hohen Norden Deutschlands, denn das Bild dieser Landschaft und die Mentalität dieser Menschen, ihre Sagen, Bräuche und ihr Aberglauben geistern durch Storms Erzählungen und hauchen ihnen Echtheit ein. Das raue Gestade der Nordsee wurde zum Markenzeichen der Dichtungen Storms.

Als Gegengewicht zu den typischen Novellen des Schriftstellers, unter denen der im Todesjahr verfasste *Schimmelreiter* als vielschichtigste und anspruchsvollste gilt, steht die phantastische Welt seiner Kunstmärchen. In ihnen entfernt sich Storm von der greifbaren Wirklichkeit, verlässt die dünnbegrasten Dünen und das sturmgepeitschte Meer, er begibt sich ins überreale Reich der Träumereien und Hirngespinste.

Zu Beginn der 60er Jahre des 19. Jahrhunderts überfiel den Advokaten eine unersättliche Lust zum Märchenschreiben. In einem Brief aus den letzten Tagen des Jahres 1863 spricht er vom „unerbittlichen Produktionsfieber“, welches seinen Kopf mit sagenhaften Visionen förmlich übersprudelte: „Während ich die *Regentrude* schon fast zu Papier habe, ist ein zweites, *Bulemanns Haus*, schon fertig im Kopfe.“ Die Früchte dieses Schreibdranges erschienen drei Jahre später in Hamburg unter dem einfachen Titel *Drei Märchen*. Zwischen seinen Deckeln bewahrte dieses Büchlein erstmals die späteren Klassiker *Die Regentrude*, *Bulemanns Haus* und *Der Spiegel des Cyprianus*.

Storm selber betrachtete seine neue Leidenschaft allerdings mit argwöhnischen Augen. Man vermeint den weißbärtigen Mann vor Verwunderung darüber den Kopf schütteln zu sehen, dass er sich ausgerechnet am Vorabend des Deutsch-Dänischen Krieges, „wo ich wie niemals durch unsere schleswig-holsteinischen Verhältnisse politisch aufgeregt bin“, zum Märchendichter berufen fühlte. Die so unbeschwerte wie harmlose literarische Ausdrucksform war für Storm, den überzeugten Antidänen und Preußengegner, wie eine stille Oase inmitten des rauen politischen Klimas. „Es ist, als müsse ich zur Erholung der unerbittlichen Wirklichkeit in's äußerste Reich der Phantasie flüchten.“

Teilweise entsprangen auch schon seine frühen Märchen dem stillen Protest gegen die herrschenden Verhältnisse in seiner Heimat. Den *Kleinen Häwelmann*, der nach wie vor in vielen Kinderzimmern wohnt, brachte Storm 1849 für seinen kleinen Sohn Hans zu Papier. Die phantastische Kindergeschichte von Klein Häwelmanns nächtlicher Bettreise entspann sich unter dem sarkastischen Motto: „Weil's doch jetzt Zeit ist, Märchen zu erzählen.“ Auch in dem Zaubermärchen *Hinzelmeier*, 1850 vollendet und im *Jahrbuch auf das*

Jahr 1851 für Schleswig, Holstein und Lauenburg erstmals veröffentlicht, scheint zwischen den Zeilen die Sehnsucht nach einer anderen Wirklichkeit hindurch. Die Zauberei dient dort als Mittel zur Weltflucht.

Das Märchen *Hans Bär* hingegen verfasste Storm im Alter von neunzehn Jahren als reine Herzenssache. Bertha von Buchan hieß die Angebetete, der er die schöne Geschichte vom bärenstarken Hans als Geschenk widmete. Ein Kindermärchen für die Geliebte schien in diesem Fall tatsächlich angemessen, denn die verehrte Bertha hatte gerade erst ihren zehnten Geburtstag feiern dürfen. Vermutlich lag es nicht am *Hans Bär*, dass sie den zwei Jahre später eingehenden Heiratsantrag des Jurastudenten Storm zurückwies. Nicht nur die junge Dame ließ auf sich warten, sondern auch die Drucklegung der kleinen Geschichte, die von Tapferkeit und Treue erzählt. Obwohl sie von Storms frühesten literarischen Schritten zeugt, wurde sie erstmals knapp einhundert Jahre später, 1930, veröffentlicht.

Als Kind hatte Storm ganze Abende lang zu Füßen von Lena Wies' Sessel gelauscht, einer ledig gebliebenen Bäckerstochter aus der Nachbarschaft, die mit verhaltener Stimme auf Plattdeutsch Geschichten erzählte und damit gespenstische Sphären heraufbeschwor. Nicht selten bangte dem kleinen Theodor dann vor dem Heimweg durch die abendlichen Gassen Husums. Die begnadete Erzählerin Wies, eine Mitdreißigerin, scheint der noch verschlossenen Dichterseele des Knaben ein erstes entscheidendes Gepräge verliehen zu haben. Zeit seines Leben nämlich pflegte Storm ein Faible für norddeutsche Spukgeschichten, die er gewissenhaft sammelte und liebevoll neu gestaltete. Am Kamin Geschichten erzählen gehörte immer zu seinen liebsten Beschäftigungen, und mit außergewöhnlichem Talent verstand er es, die versammelte Runde an seine Lippen zu fesseln.

Trotzdem schätzte der Nordseedichter seine sanfte Lyrik weit mehr als seine viel bewunderte Erzählkunst. „Meine Novellistik ist erst aus meiner Lyrik erwachsen.“ Auch die Kunstmärchen sprechen nicht nur als äußerst liebenswürdige und spannende Kindergeschichten zu uns, sondern beeindrucken durch ihre poetische Vollendung. In ihrer Sprache ergänzen sich Lyrisches und realistische Erzählweise zu einer vollständigen Einheit.

Wenn sich aber Storm als Lyriker zeigt, dann verstummt selbst der Spott des kritischen Zeitgenossen Fontane – so durchbricht er den ironischen Grundton seines posthumen Storm-Essays mit warmem Lob: „Worte, wie sie kein Dichter je schöner geschrieben hat.“ Die zwei so grundverschiedenen Dichterpersönlichkeiten Storm und Fontane begegneten einander mehrmals in der Berliner Literatenvereinigung „Tunnel über der Spree“. Irgendetwas an Storms Erscheinung, vielleicht war es sein unsicheres Auftreten im Kreis der Berliner Stadtbürger, muss Fontane immer wieder zum Witzeln und Spötteln verleitet haben. Ging es aber um das lyrische Können des „Stormschen“, wie er ihn gerne betitelte, so zog auch Fontane hochachtungsvoll den Hut: „Er war unzweifelhaft unter uns allen der künstlerisch Ausgereifteste, der lyrisch Feinfühligste und der Mutigste, weil er der Sicherste war.“

Susanne Köhler